KB210216

마스다 미리
누구나의 일생

박정임 옮김

새의노래*

차례

달개비꽃(露草, 쓰유쿠사)
……작은 파란색 꽃잎.
아침에 피었다가 저녁이면 지는 덧없는 꽃.

1. 껌 뽑기기계

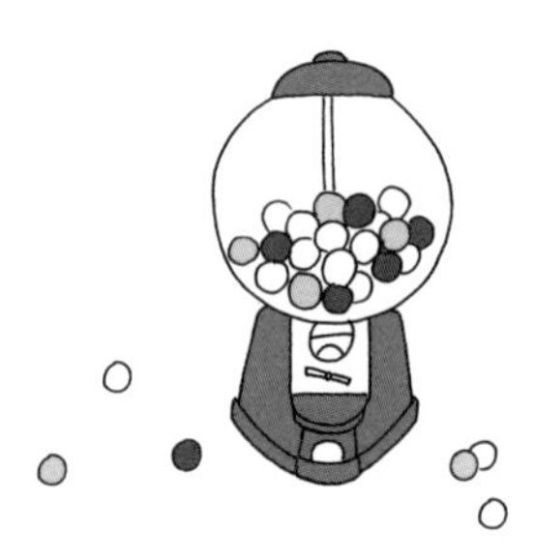

이것은 만화가
쓰유쿠사
나쓰코의
이야기입니다.

시간
다 됐다.

도넛

더
필요한 건
없으세요?
어서
오세요~
스트로베리와
허니
한 개씩이요.
시나몬
두 개
도넛
오늘은
유난히
시나몬이
많이
나가네요?
수고
하셨어요
~
수고
하셨습니다~

하시다 씨,
만화가예요?
저기
누군가
인스타에
올린 거
아닐까요.
어떤 만화
그려요?
필명 같은
것도
있어요?
점장한테
얼핏
들었는데.
하핫
아뇨아뇨,
그런 거
아니에요.
여기서
주 6일이나
근무하는데,
무슨 그림요.
수고하셨습니다~
점장은
왜 그런
얘기를 하는
거야?
그게 무슨
비장의 카드도
아니고. 그래서
얻는 게 뭔데?

아,
그러고 보니
어제 그만둔
알바생, 결국
마스크 벗은 얼굴은
한 번도 못 봤네.
2021년 코로나
이후 두 번째
봄이군. 사람들의
웃는 얼굴을
볼 수가 없어.
오, 1학년생의
책가방이라
반짝반짝하네.
이
아이들을
음식에
비유한다면…
방금 입에 넣은
새 껌
같은?

다녀왔
습니다.
으~
음.
아빠! 감기
든다니까!
또~
아빠가
껌이라면
거의 아무 맛도
나지 않겠지.
흠
고로케
사 왔어.
그거면
저녁
되겠죠?
쭈
욱~
깜빡
졸았네.

인터넷에 올라온
만화 봤다.
재밌더라.
그 주인공말야,
화과자 가게의
하루코.
아빠 좋더라.
진짜!!
제발
부탁이니까
보지
말라고요!!
짜증~
쳇
아빠가 보는 거,
정말 싫어.
언니가 또
얘기했겠지.
급 피곤
해지네…
후우

껌.
초등학교
1학년은
새 껌이고
뒹굴
우리 아빠는
맛이 사라진
껌…
나이가 들면
맛이 점점
옅아지고
나도 이제
미미한 맛.
정말
그런 걸까?

여러 가지 것들을 잊어버리지만
그 대신 남은 기억들은 압축되어 단단해진다.
얇아지는 건 아닌 거 같아. 오히려 맛이 점점 짙어지는 게 아닐까……
음~
……
좋아!

*일본식 찹쌀떡. 팥소, 콩가루, 파래가루 등 다양한 재료로 쌀반죽을 감싸서 만든다.

그건 아닌가.
표면의 바삭 바삭한 코팅감!!
우물
달아~
으음~
인생은 시작 단계의 맛이 더 얕지 않나?
오~ 책가방이 반짝반짝.
귀여워
갓 태어났을 때는 아~무것도 모르잖아.
이 새 껌처럼 신선한 1학년생.
하핫
생명의 소중함, 조차도.
우물
응?
우물우물

앗.
응애, 하면서
동시에
퍽
퍽
생명은
소중해!!라고
아기가
생각할 리가
없지.
우물
우물
아~
퍼억
그런 건
배우는 거야.
분명
꽃님이 아파,
아파
하잖아.
누군가가
소중히 대해준
경험을 통해
조금씩 조금씩
응

으앙~
그게요
그렇지?
꽃님도 살아 있어.
꽃이 저렇게…
으 아 앙~
울지 마렴 ~
괜찮아 ~
왜 왜
응?
아~앙
…
왜 그러니?

하루코…
이제 저녁 먹을까?
타닥
아빠!
타닥
밥은 다 됐고, 감자 샐러드도 완성.
오늘 감자 풍년이네.
근데
고마워요.
고로케 먹자고 하지 않았나?

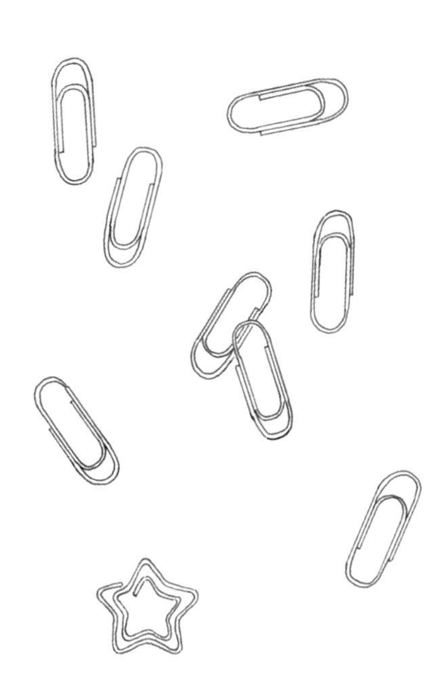

2. 캠핑

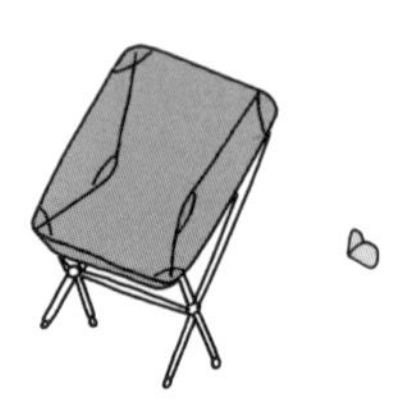

어서
오세요~
알겠
습니다.
스트로베리
하나 추가
해주시오.
그리고
스트로베리
주세염!
네
항상
할아버지랑
같이 와서
좋겠네.
할아버지.
세련되고
멋있으시니까.

무슨 말씀이세요. 항상 멋있다고 생각했어요. 젊어 보이세요.
하하하
우리 딸은 나이에 안 맞게 화려하다고 핀잔만 준다오.
아니요, 무슨
이런 스타일을 좋아한다오.
사실은 옛날에 미국에서 잠깐 살았던 적이 있어서인지
도넛
또 오세요~
요전에 그만뒀던 대학생 있잖아요? 아까 유니폼 반납하러 왔었어요.
수고 했어요.
수고 하셨어요~

근무 시간이 달라서 대화도 못해 봤네요.
나도.
시급이 더 많은 곳으로 간 건 아닐까요. 아직 젊으니까.
그런가 보다! 여기는 시급 좀 안 올려주려나.
정말이지
저 먼저 갈게요~
유니클로에 들러서 아빠 봄옷이라도 사갈까.
맨날 갈색 옷만 입으셔~

흐음~
어떤 게 좋을까.
근데 우리 아빠한테
취향이란 게 있나.
그보다…
내가 아빠 옷을 고르는 날이
올 줄이야.
이걸로 할까
초등학생이었던
때의 나는
상상도
못하겠지.
어?
재는 요전에
알바 그만둔
대학생 같은데.
마쓰모토
씨?
맞지?
아
하시다 씨
맞죠?

아까 매장에 왔었다며?
학교는? 아, 봄방학인가?
아, 네
사실은
하하
작년에 입학한 후로 거의 학교에 못 가고 있어요.
아, 코로나
온라인 수업으로 하는 거야?
네
각자 강의 동영상을 보는 식이었어요. 계속~
저런
그럼 친구는?
음~
세미나 할 때 화면 너머로 10명 정도랑 얘기한 적은 있지만
자기소개 정도여서…
다른 지방 학생들은 아직 오사카로 오지도 않았고요.
세미나 담당 교수님도 후쿠오카에서 수업하고 계세요.

조금
힘들긴 해도
통학할 수
없는 거리도
아니고요.
뭐
저도 이제 나라에 있는
부모집으로 돌아갈
예정이에요. 괜히 월세만
나간다고 하셔서.
그래?
솔직히 부모님이랑
사이가 안 좋아서
복잡하긴 한데요,
할머니 말동무가 없으시니.
하하
다녀왔습니다~
아빠, 또 의자에서
주무시네.
음냐~
저러시다가
의자랑 한몸이
되는 거 아냐?

여기요
아빠, 유니클로에서 폴로셔츠 사 왔어요.
어디 보자
오옷! 좋은데? 마음에 쏙 들어!!
초록색이 이쁘구먼. 그거 입고 캠핑이라도 다녀올까나.
얼렁 뚱땅~
아빠! 좀 풀어 보기라도 하고 말하지!!
대단 대단
초록색 셔츠에서 갑자기 숲을 떠올리신 거야?
몇 년 동안 캠핑 가신 적도 없잖아.
만화를 그리자.
일단

화과자 가게
하루코
드르륵
드르륵
화과자 가게의 하루코
작가 · 쓰유쿠사 나쓰코
대학 때 세미나 친구들이랑.
아, 딱 한 번 가봤구나.
화과자 가게
하루코
감사 합니다~
캠핑이라도 가면 좋겠다.
날씨 좋네.
분명히 여기 어딘가에 넣어뒀는데.
캠핑 가본 적도 없잖아.
아니지, 난

역시 있었어.
그때 샀던 캠핑의자.

좋아, 좋아.
캠핑 느낌이야.

좀 더 기분을 내볼까.
어디 보자

이 초록색 폴로 셔츠를
밀걸레에 걸어서

나무랑 조금 비슷한가.

하루코의 나홀로 캠핑인가?
하하하

그때 그 친구들은 어떻게 지낼까.

지금은 전혀 연락도 안 하지만.
흠

새로운
친구들과
캠핑을
간다는 등

예컨대
지구에 의문의
바이러스가
확산됐다고
치고

꿈꿔왔던
일들이 전부
멈춘 상태로

모든 대학 강의가
온라인 수업으로
대체되면서

4년을 보낸
청년들이
있다면

들뜬 마음으로
대학생이 됐는데
학교에 전혀
갈 수 없게 된다.

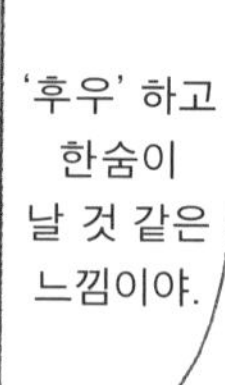

'후우' 하고
한숨이
날 것 같은
느낌이야.
가혹하다고
할까,
서운하다고
할까.

다양한 동아리를
둘러 보거나

말을 계속 들어야 하는 상황이 더 싫을 지도…
아니, 그보다는
그런 말 하지 말라고 일러두고 싶군.
그 의문의 바이러스가 진정되고
그런 일은 일어나지 않겠지만.
쭈욱
그리고 사회인으로 세상에 나갔을 때
나무가 쓰러졌네.
어이쿠
라는
불쌍한 대학생활을 보낸 세대

하루코…
그거
나무 아니거든.
아빠!
타닥
타닥
그림 도구 좀
사러 갔다
올게요.
이 옷
시원하고 편하구나.
색깔도 좋고.
그렇다면 다행.
근데 반팔은
아직 이른데.
안 추워?
암튼 금방
올게.
오늘은 영양솥밥이다.
인스턴트 식품이지만.

저기,
마쓰모토 씨
아닌가?
응?
아,
배고파.
마쓰모토 씨!
여기!
아~
오늘 자주
만나네요!
나
마스크 벗으면
이런 얼굴이야.
또 봐!
잘 지내고!
네?
네!

3. 과일 샌드위치

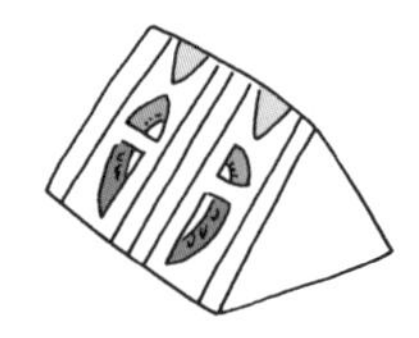

도넛
여보 세요?
응, 언니. 잘 지내. 방금 알바 끝났는데. 왜?
아빠도 건강하셔. 응, 계속 집에 계셔. 좌식 의자에서 책 읽으시면서.
음식? 응, 만들어주셔. 정체는 모르겠지만.
산소… 그러게. 벌써 5년이 됐으니.
추모공원에 모시면 되지 않을까? 아빠도 그렇게 생각하시는 거 같고.

다녀
왔습니다.
그래.
너희한테
맡기마.
언니한테
전화 왔었어.
엄마 산소
결정해도 되냐고.
마사미는
도쿄에서 온다든?
타닥
타닥
안 물어봤지만
힘들걸?
우리집에 고령자도
계시고.
아빠
말이야
후우.

엄마.
산소로 모신대…
며칠 후
먼저 나가 있으마. 택시도 올 때 됐고.
나쓰코~
응? 아직 20분이나 남았어요!!

아빠,
마스크는?
타닥
타닥
왜 저렇게
긴장하시는
거야?
잠깐만
~

엄마,
마당 좀 보고
갈까?
네에
택시 왔다~
아빠!!
왜 초록색
셔츠야!?
무슨 상관이냐.
내가 스님도
아닌데.

합장식 묘지가
이런 거구나.
괜찮네.
건네주고 끝.
간단하네.
유골함
받아주셨던
아저씨
그 분이
엄마랑 접촉한
마지막 사람이
되는 건가.
그렇겠지.

갈 때는 버스 탈까.
응
버스정류장이 요 앞에 있을 거예요.
있잖니
매미는 몸을 뒤집은 채 죽는다고 하더라.
그래요?
하늘을 보면서 죽는다니 그것도 괜찮겠구나.
응?
매미는 눈이 등에 있지 않아? 하늘이 안 보일 텐데?
아
그러냐?

아빠도요.
고생
했다.
나도
잘지도 몰라.
통
통
난 잠깐
낮잠 좀
자련다.
잠깐
그려볼까.

화과자 가게의 하루코
작가 · 쓰유쿠사 나쓰코
화과자 가게 하루코
고맙습니다~
날씨 좋다~
초여름이네.
안녕하세요.
아
네, 어서 오세요.
오늘은 짐이 많으시네요. 어디 외출하세요?
응, 봉안하려고.
봉안?
화과자 가게 하루코
이제 그만 우리 남편 유골을 묘지에 묻어주려고.
그러시군요.
왠지 쓸쓸해서 옆에 뒀었거든.

그 양반,
여기 오하기
좋아했잖아.
아이들이랑
다 같이
가기로
했어.
남편분은 늘
단팥 오하기를
드셨죠.
벌써
5년이나
됐으니.
그러시군요.
감사
합니다.
그랬지.
단팥으로
다섯 개 줘.
가기 전에
남편이 생전에
자주 갔던 곳
보여줄까 하고.
곧
매미
소리도
들리겠어.
날씨
참 좋네.
우리
사이좋지?
아, 데이트
이신가요?
응
맞아

그렇다면
더 좋지.
네?
오,
그런가요?
매미는
몸을 뒤집은 채
죽는대.
매미에게는
자신이 오랫동안
머물렀던 흙에
추억이 많을
테니까.
하늘을 보며
죽는 것도
좋을 것 같지?
좋을 거
같아요.
그러네요.
매미
마음이야
알 수
없지만.
응~
응~
정말
그러네요.
흙이 보일
지도요.
아, 하지만
매미는
눈이 등에
있어서.

이런,
그래도
돼?
감사합니다.
오늘은 서비스로
한 개 더
넣었어요.
네
왜일까.
남편분도 단골
이셨으니까요.
유골
이라는 걸
알고
있는데도
화과자 가게
하루코
고맙
습니다~
한동안은
다시
쓸쓸해질 것
같아.
화과자 가게
하루코
계산.
잔돈까지
딱 맞췄어.

마지막 컷,
하루코는 뭐라고
하고 싶어?
아빠~
일어나셨어?
탁
탁
아까 사 온
과일 샌드위치
먹을까요?
아빠! 또!!
샌드위치는
랩 벗기지 말고
올리라고 했잖아요!!
다 말라버리잖아!!

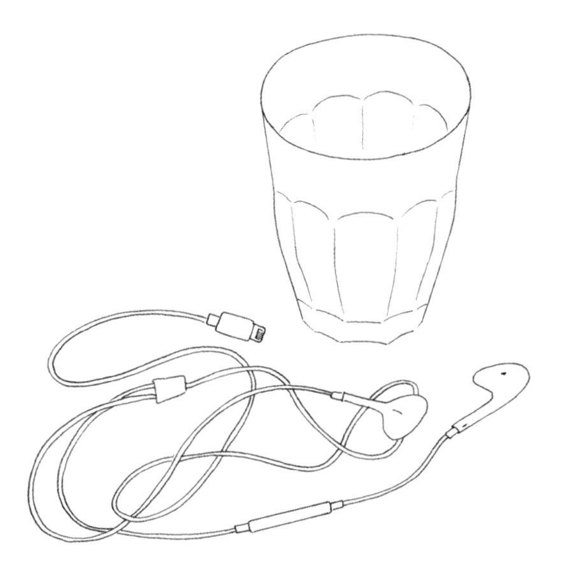

4. 분재

으앗!
또 연결이 안 돼!!
그야 다들
걸고 있으니까
그렇지.
두 시간째
스마트폰까지 해서
양쪽으로 걸고
있는데도
연결이 안 돼.
짜증~
왜 남 일처럼
말해요?
아빠 백신
예약이잖아!!
겨우
열 번
걸어보고
포기하면
안 된다니까.
칫!!

어차피
언젠가는
맞겠지.
애썼다.
이제
그만
해도
돼.
재다이얼 버튼
오늘 안에
부서지고 말 거야,
진짜!!
제발 좀~
저녁은
언젠가가 언젠데?
그러다 내년 된다고.
뭐라고요?!
튀김덮밥이라도
사 올까?
아,
언니다.
우와,
진짜 다행이다.
대단해!
잘했어!!
진짜?
예약됐어?

도넛
오늘은 오후 근무죠?
네.
아, 안녕하세요. 휴식시간?
아침에 보니까 병원 앞에 줄이 엄청 길더라고요.
다행이네요!
부모님 백신 예약 때문에요. 아, 언니 전화로 간신히 연결됐어요.
서두르지 않으면 없어질지도 모른다는 생각이 들어 불안해지는 법이니까.
근데 그 기분도 알 거 같아요.

아무리 괜찮다고 해도 매장에 휴지 진열대가 비어버리잖아요.
맞아요. 휴지도 그렇고.
맞아요, 정말.
이제 나뭇잎으로 닦아야 하나 했다니까.
선반이 텅 빈 걸 보면 가슴이 철렁해져요.
어서 오세요~
스트로베리 두 개 맞으시죠?
네
병원에 전화를 많이 해서 그런지 오늘 하루가 무지 길게 느껴지네.

다녀
왔습니다.
뭐 하세요?
분재 화분갈이
하고 있다.
오~
화분 사 왔어요?
응, 비싼 건
아니고.
엄마가
사 왔던 분재,
꽤 오래 가네요.
그러게 말이다.
어디 묘목
시장에서
사 왔었는데.

화분이
크면
나무도
커져요?
그렇겠지.
화분 크기에 맞춰
뿌리가 성장하니까.
뿌리가 작으면
나무도 크지를 않아.
요즘은
코로나 때문에
다들 답답해
하니까
식물이라도 좀
편하게 해줄까
싶어서.
하하하

자,
다 됐다.
인형 같은 걸로 장식하면 어떨까?
그거 좋은 생각이네.
좋은데요. 뭔가 입체 모형 같기도 하고.
분재를 바라보는 사람은 이곳이 아닌 다른 세상을 보고 있는 건지도.
엄마는 어떤 생각을 했을까.
해가 금방 떨어지네.

화분 크기에
맞춰 뿌리가
성장한다…
뿌리가
작으면
나무도
작은 상태로
멈춘다.
만화
그리자.

화과자 가게의 하루코
작가 · 쓰유쿠사 나쓰코
분재인가요? 예쁘네요.
감사 합니다~
화과자 가게 하루코
아, 이거요
묘목 시장에서 샀어요.
해가 금방
져버리네.
그 이상은 안 크죠?
그렇죠, 원래 그런 거예요.
콩가루 오하기 두 개랑 통팥 두 개요.
앗
네, 감사 합니다.
화분 크기에 따라 뿌리도 결정되니까 나무도 크지 않아요.

그렇지
않을까요?
그릇에 따라
일생의 크기가
정해지는
거네요?
400엔
입니다.
오~
재미
있네요.
네,
그런 거죠.
화과자 가게
하루코
감사
합니다~
그 나무
그릇에 따라
결정된다…
땅에 심으면
커지나요?

그런
뜻인가.
화과자 가게
하루코
드르륵
드르륵
얼마만한 크기의 그릇?
응?
그렇다는 건
그릇이 큰 사람일 것 같지는 않아…
하핫
지금 여기에 있는 나는
아, 분재다!
그릇 크기에 따라 결정된 나

그 안에서
각자의 뿌리를
뻗을 뿐
자세히 보면
작아도
분명히
나무야.
복닥복닥
뒤엉키면서
살아낼 뿐.
그릇이
바로 그 사람,
갑자기
화분이
사고
싶어
졌어.
이라는 건
아닐지도.
선인장~
선인장~
꽃집에
들러야지!!
그릇이라는 건
인생이고

하루코…
분재 얘기하다
선인장은
왜 찾아.
아빠
타닥
타닥
튀김덮밥
시켰어?
응?
이건
사람 인형이
아니잖아.

5. 빙수

그래도
지금의 내가
있다는 건
어서
오세
요~
결국 노력밖에
없다는 거지.
커피,
리필해
드릴까요?
이를테면
이곳
알바 시급은…
그만해

아, 주세요.
알겠습니다.
도넛
수고 하셨어요.
수고 했어요.
상점가에 있는 빙수 가게, 오늘 개업이라서 반값이라던데. 가볼래요?
빙수 나왔습니다~
딸기
복숭아
망고
레몬
망고가 듬뿍이네. 그것도 맛있겠다.
피스타치오의 크리미한 느낌, 장난 아니에요.

야시장 거하고는 완전히 다르네요. 그건 그거대로 좋지만.
맛아요~
하핫
우와, 맛있어! 반값이라고 생각하니 더 맛있는데요.
얼음산 무너뜨리기 아까운데. 어떻게 먹으면 좋을까.
이런! 사진 찍는 거 깜박했다!!
네?
꼭대기 부분 엄청 맛있어 보여. 이 산은 뭔가…
아무런 맛이 없는 세계를 모른 채 사는 인생도 있겠지요.
아, 그러네요.
사회의 축소판 같지 않아요? 위쪽은 맛이 진하다는 점에서 귀족 세계.

집은 흰개미가
점령해버렸고,
저도 정상과는
거리가
멀어요.
아뇨
아뇨
우리와는
죽는 장소도 다르겠죠.
아, 미안해요.
같은 취급을
해버려서.
여하튼
상상도 안 돼.
주변에 아는
상류층도
없고.
으악
상류층이
뭉텅이로
떨어졌다!
맛있었어~
배가 좀
차가워졌지만.
집에 가면
커피 한잔 내려서
만화 그릴까.

화과자 가게의 하루코
작가 · 쓰유쿠사 나쓰코
엄마.
몸은 좀 어때요?
뭐 하러 왔니? 별것도 아닌데.
에구
그냥 조금 피곤해서 그래. 요즘 바빴잖니.
오하기 있는데 드실래요?
응, 먹자.
하루코, 잘 만드네?
어머~ 맛있어
아빠는? 시니어 일자리?
오늘은 근처에서 제초작업 한다던데.
응

하지만 조금 있으면 엄마도 보살핌을 받아야 할 나이야.
아빠, 허리는 나으셨어? 그거 잘하고 계셔? 허리 보호 벨트.
그래. 무리하지 않는 선에서 할게.
하하하
덥다고 안 하신다. 그래 놓고 밤이면 또 아프다고.
그건 그렇고. 지금 일하고 있는 실버타운은 고급스럽더라. 각자 개인 방도 있고 부부가 같이 쓰는 방도 있고.
그러게.
아빠도 아빠지만 엄마도 그래. 이제 일 그만두면 안 돼?
식사도 제대로 나와. 요리사가 있으니까.
아하하
그래도 움직일 수 있을 때까지는 해야지. 용돈벌이도 되고.

진짜 부자는 이런 사람들이구나 한다니까.
나중에
거기 들어가면 할인해줘?
빙수에 비유하자면
할인해줘도 못 들어가! 보통 사장 정도는 했던 사람들밖에 없어.
꿀이 듬뿍 올려진 꼭대기 사람들이네.
우리는 산기슭의 하얀 부분이고?
아하하
평상시에 입는 스웨터 하나도 얼마나 고급스러운지~
지금까지 내가 생각했던 부자와는 완전 차원이 달라.
우리는 뭔가 노력이 부족했던 걸까.

하루코
와 있었냐?
오!
그런가?
하하
아니.
엄마는 열심히
살고 있잖아.
빙수
세 개 사오길
잘했네.
열심히
살고 있다고
생각해.
난 됐어요.
방금 하루코가
가져온 오하기
먹었어.
그러니? 고맙다.
너도 팥 삶느라
덥고 힘들지?
무슨
말이야?
이건 꿀이
평등하게 분배된
빙수네.
수
빙수
아빠
오셨다.
딸깍
아,

하루코의
부모님
등장이군.
아빠,
오셨어요?
타닥
타닥
백신은
어땠어?
아프지도
가렵지도
않았다.
그래요?
방송에서 보면
주삿바늘이
엄청나게
길던데.
정말
안 아팠어?
사람에 따라
다르겠지.
난 아무렇지도
않았다만.

잘
먹겠습니다!
가다랑어
다다키,
맛있다~
마침 반액 스티커
붙이고 있더라.
그런데
세상의 갑부들은
매일 어떤 걸
먹을까요.
한 점에
천 엔 정도 하는
가다랑어일까?
하핫
글쎄다.

상류층은
어떤 거냐.
아빠도
상류층이 되고
싶었어요?
몰라. 암튼
돈이 많은
사람들.
어때요?
다시 태어나면
그런 길을
추구해보고
싶어?
같은 곳에서
다시 태어난다면
비슷한 인생이 되지
않겠냐.
그럼 공부를
더 열심히 해서.
공부에
전념할 수 있는
환경인지도
중요하지. 그때는
깨닫지
못하지만.

인생은 제비뽑기 같은 구석이 있지.
흐음.
선택할 수 있는 길이 많다면 당첨인 거고.
제비 뽑기…
빙수의 산기슭에서 끝나는 걸까.
내 인생은
아빠 돌아가시면 이 낡은 집이라도 물려받을 수 있으려나~
아니
힘들걸. 언니가 1엔까지도 나누려고 할 테니까.

6. 레코드

뭐야, 레코드 듣고 계셨어요?
어? 무슨 소리지?
뭐, 가끔은.
완전히 우아하시네. 클래식을 다 들으시고.
아, 내 계좌 비밀번호가 결혼기념일이잖니. 0923.
결혼 축하선물로 받은 거야.
왜 갑자기 그 레코드를 틀었어요?
흠

창문 열어놓고
동네방네
떠들 내용은
아니잖아요.
네 엄마랑
이 레코드
자주 들었단다.
음악은 참
신기하지.
여러 가지 추억들을
떠올리게 하니.
좁은 연립의
큼큼한 다다미
냄새라든가.
그건 지금도
크게 다르지
않아. 봐요,
이 집.
장례식 때
이 곡 틀어줘라.
네?
뭐 그런 귀찮은 걸
시켜요?
저
알바
갑니다.
조심히
다녀와라.

확실히
뭐,
하지만
단순이
떠오르는 게
아니라
시간여행을
하게 해주지.
그래
음악은 그 순간의
자신을 떠올리게 하는
최강 도구이긴 해.
과거의 자신이
있다는 것은
안심이 된달까.
시간여행을 한다고 해서
뭔가 달라지는 것도 없지만
안심이란 뭘까.
어떤 의미?
쭈욱
안심…

지금의 자신밖에
없다고 하면
불안한 건가?
아,
알바 시작할
시간이네.
도넛
감사합니다.
어서 오세요.

그러니까
저기
네?
어라?
내가 여기에 뭐하러
왔더라?
네?
…뭐였을까.
아무것도
모르겠어.
모르시겠다니요…
도넛 사러 오신 거
아닌가요?

찾았다!!
아빠 쪼옴!!
마스크도 안 하고
돌아다니시면
어떡해요.
혼자 외출하면
안 된다고
했잖아요.
아, 죄송합니다.
최근 들어 건망증이
심해지셔서…
뭐가 뭔지
모르겠다.
죄송
합니다
아,
아니
에요.
아, 저기, 도넛 좀 살게요.
아빠는 뭘로?
아 모르시려나.
그냥 초콜릿으로
네 개 주세요.
네,
잠시만
기다려
주세요.
감사합니다.

오늘
정신없었네요.
수고
했어요.
수고
하셨어요.
얼마 전만 해도
멀쩡하셨잖아요.
손녀랑
자주
오셨는데.
그
할아버지
그러게요.
정말
친절한
분이셨죠.
저 먼저
갈게요.

다녀
왔습니다
…
'친절한 분이셨죠.'
왜 과거형을
쓴 거야?
아니
만화
그리자
나 뭐냐…

화과자 가게의 하루코
작가 · 쓰유쿠사 나쓰코
화과자 가게
하루코
감사 합니다~
통팥
완판~
어서 오세요. 날씨가 더워 졌네요~
아,
내가
네?
여기 왜 왔을까.
뭔가 이상해.
도무지 영문을 모르겠어.

참깨도.
네.
콩가루.
찾았다
!!
아, 그러세요?
손님은 이곳에
종종 들러
주셨어요.
아빠!
혼자 외출하시면
안 된다고
했잖아요!
네!
그런가요?
아,
요전에도
길 잃어버리
셨으면서.
왜
그래~
늘 콩가루
오하기랑
참깨로
두 개씩
사셨어요.

괜찮습니다!
안심 하세요.
죄송해요. 아버지가 좀…
죄송합니다. 아빠, 이왕 왔으니 뭐 좀 살까요?
저기
아버님은 저희 단골이세요!
아, 모르시려나. 그냥 단팥으로 할까.
콩가루
고맙습니다.
또 언제든 들러 주세요.
응?
콩가루와 참깨로 해.
아버님, 제가 아버님을 잘 아니까

과거가
희미해진다는 것.
네,
좋아하시는
거죠.
두렵지
않을 리가
없어.
화과자 가게
하루코
고맙
습니다~
화과자 가게
하루코
그래도
그건
얼마나
미안하게
생각할
일은
아니야.
절대
얼마나 불안한
마음일까.
자신을
잃어간다는 것.

하루코
넌 나와 다르구나.
넌 어디에서
왔을까.
슈거도넛.

안녕하십니까.
슈거도넛
네 개 주시오.
그분은 늘
슈거도넛을
주문하셨고
사실은
옛날에 미국에서
잠깐 살았던 적이
있어서인지
이런
스타일을
좋아한다오.
옛날에
미국에서
살았던 경험이
있으며
아빠!
저녁
먹을까요?
무엇 하나
변한 것도 없고
끝난 것도
아니다.
가끔은
레코드
들으면서
먹는 것도
좋지.

7. 마트료시카

도넛
오늘, 백신 2차 접종한다고 했죠?
수고 했어요.
수고 하셨습니다~
네, 꽤 힘들었어요.
맞아요~ 아무래도 열이 나겠죠? 열이 있었다고 하셨죠?

그런 느낌이 들었달까. 참 신기해요. 몇 방울 안 되는 백신으로.
하지만 뭐랄까 지금 몸속에서 어떤 항체가 늘어나고 있구나
네.
내일 휴가죠?
혹시 몰라서 집에서 쉬려고요.
수고 하셨습니다
여하튼 끝나면 아이스크림 사 가야지.
이런… 긴장되네.
다녀 왔습니다~

백신 맞고 왔어요.
그랬니?
별거 아니지? 난 2차 접종 때도 아무렇지 않더라.
젊은 사람한테 부작용이 많나 봐요.
32세의 나는 어느 쪽이지?
다음날
열이 있네.
37.6도.

자신이
죽을 때는
어떤
느낌일까.
언젠가 반드시
죽는다는 사실을
알면서 산다는 건
가만
생각해보면
무서운 일이야.
인간은 참
강해.
만화 좀 그리고
자자.
후우~

화과자 가게의 하루코
작가 · 쓰유쿠사 나쓰코
37.6도.
후~
어떡하지. 컨디션이 점점 나빠지고 있어.
아무래도 감기 같은데.
열이 더 오를까…
화과자 가게 하루코
오늘 휴업.
드르륵
드르륵
열 따위~
사과주스랑~ 포카리랑~ 푸딩이랑~
사 가야지.

어렸을 때부터
수차례
경험했는데도

전혀
익숙해지지
않는다.

하하
어른이 됐는데도
힘들고 불안해.
비록 감기라도.

나이가
든다는
것이

예컨대
마트료시카처럼

수많은
자신이
더해지는
것이라면

그렇게
더해져 온
자신을

하나하나
열었을 때
나오는

'혼자 두지 마.'
가장 작은 나는
그런 기분일 것 같아.
지금 어떤 기분일까?
아이는 어른이 없으면 살 수 없으니까
감기로 열이 나서 누워 있는 나
혼자인 게 가장 무섭지.
조그마한 나

어른의
모습으로
그런
기분을,
살고 있다.
혼자는
싫다는
안
되겠다.
어렸을 때의
기분을
더 이상
못 참겠어.
화장실
귀찮아.
가슴
깊숙이
남겨
둔 채

하루코,
너의 생사는
작가인 내 손에
달렸어.
나도
화장실 한계.
내려간 김에
뭐 좀 먹을까.
그래도 식욕은
있네.
아이스
크림
드실
래요?
응?
아빠
안 계시네.
산책 가셨나?
하아~
금방
또 가을이네.

불로불사하는 백신이
발명되면 사람들은
다 맞으려고 할까?
와구
그래도 그건
늙지 않을 뿐 젊음을
되돌리는 건 아니니까
'지금이야!!'
하는 순간에
맞아야 돼.
음, 그럼,
몇 살이
가장 좋을까?
흣
하지만 그 백신은
엄청나게 비싸서
쉽게 구할 수 없을 거야.
그러면 대기업 회장이나
갑부 정도는 되어야
가능할 테니 기본적으로
젊은 사람은 힘들겠지.
그렇다면
젊음을
되돌리지는
못하니까
'불로'는 아닌가.

하핫
그러면
난 안 맞을 거 같은데.
오셨어요?
그냥 혼잣말.
아!
무슨
말이냐?
수박
사 왔다.
먹을래?
지금
아이스크림 먹고
있어요.
나중에.

아빠,
불로불사 백신이 있다면
맞을래요?
너한테 달렸어.
네가 안 맞으면
나도 안 맞아.
응?
왜요?
그야,
네가 먼저 죽는 건
보기 싫으니까.
넌 어떤데?
아빠가
그 백신을 맞으면
좋겠냐?
음~
'장수하는'
백신 정도로
하죠.

8. 커피

요즘 통
못 놀았어~
하아
공원 벤치에 앉아
커피 마시는 게
놀이가 될
줄이야.
코로나는
대체
언제 끝나는
거야.
작년 이맘때는
내년이면
해결되겠지
했는데.
해결되기는커녕
더 심각해졌잖아.

그러면
먼저 뭘 할까~
여행?
인간의
지혜로
그래도 설마
내년에는
괜찮아지겠지.
도넛
여섯 개
맞으시죠?
네.
맛있는 것도 먹고~
발 마사지도 받고~
역시 대만이 좋겠지~
대만 가고 싶다!
재밌었는데.

도넛
코로나만 끝나면 어디라도 좋으니 멀리 가고 싶어요.
하하
대만? 가본 적 없어요. 가보고 싶네~
이러다 평생 마스크를 쓰는 건 아니겠죠?
그러게 말이에요. 수고하셨습니다~
코로나 끝나면.
이 말을 몇 번이나 했는지 모르겠어~

마스크를 쓰지 않았다면
난 저 꼬마에게 웃어줬겠지.
아이에게
웃어주는 것은
어른이 할 수 있는
최고로 좋은
일인데.
저 아이의 인생에 주어졌을
타인의 미소를 대체 얼마나
잃어버린 걸까.

응?
그렇다는 건?
저 아이는 아직 어리니까 코로나 이전의 세계를 기억하지 못하겠지.
저 아이는 다시 원래의 세상으로 돌아갔으면 하는 희망도 없다는 건가.
우리 어른들처럼…
그러면
어느 쪽이 더 편한 걸까.
정신적으로.
다녀왔습니다.

아빠,
주무시네.
이 주변만
평화로워.
희망…
희망을 갖는 건
좋다고 배웠지만,
그 아이는 원래의 세상에 대한
희망이 없어.
그 아이에게는
지금만
있을 뿐.
그건
어떤
느낌일까?

화과자 가게의 하루코
작가 · 쓰유쿠사 나쓰코
화과자 가게
하루코
감사 합니다~
드디어 다음 주 나홀로
3박 4일의 대만여행~
화과자 가게
하루코
퇴근이다 퇴근~ 오늘 하루도 열심히 살았어!
드르륵 드르륵
뭐 입고 갈까~
슬슬 짐도 싸야 겠어.
도착하면 일단 시엔또우장을 먹고~
달콤한 두유를 마시고~
아삭 아삭
또우화는 차가운 걸로!! 샤베트처럼 얼은
시럽을 올려 달라고 해서.
여행은 참 좋은 거야~
응 응

어떤 이유로?
의문의
바이러스
같은?
만약, 여행을
할 수 없는
세상이 된다면?
일상에서
훌쩍 벗어날 수
있으니.
그 어디도
자유롭게 갈 수 없는
세상이 된다면
일도,
미래도,
귀찮은 손님도
안 가는 것과
못 가는 것은
다르니까.
역시
괴롭겠지.
하하하
조금은
무심해져.
과거를
그리워하며
지내야 하나?
만약

아이들은
어떨까.
아니면 미래를
기대하면서
견딘다?
어린아이는
과거도 짧고
미래는 너무
먼일이니까
분명 현재가
전부일 거야.
그렇게
생각하고,
그렇게
믿고
언젠가는
다시 원래대로
돌아간다
현재가
전부——
답답한
현실과
대치하는
건가.
어린아이는
강하군.
아,
방긋

절망도
하지 않고
기대 따위
그래도
인간은
살아갈 수 있는
힘이
있다,
갖지 않는 편이
좋을지도
모른다.
믿고
싶어~
그렇게
그게
편할지도.
대만
여행
너무
기대돼
~
아니,
그런 것
보다는
기대도
하지 않고

하루코, 넌 대만 가는구나…
난 내일도 공원에서의 커피가 유일한 낙인데.
아빠, 식사할까요?
그래! 오늘 두유로 시엔또우장 만들자.
그거, 두유랑 맛술로 만드는 거냐?
응, 초간단 건강식이에요.
밥그릇에 맛술 작은 스푼으로 둘, 간장 작은 스푼 하나, 말린 새우랑 고추기름을 살짝 넣고

그러면
두부처럼
굳는구나.
오~
데운 두유를
넣어주면 끝.
대만에 갔을 때는
아침마다 이걸 먹었어요.
아, 밤에도 먹었다.
가지는
못해도
먹을 수는
있구나.
그러
네요.
청량한
가을이네~
코로나 시국에도
가을은 또 왔어.

9. 케이크

도넛
연말연시에 어디 가세요?
아무데도 안 가요. 근처 부모님 댁에 얼굴도장 찍는 정도.
시댁은 후쿠오카인데
이번엔 시국이 시국인만큼 혼자 다녀오라고 하려고요. 코로나 끝나도 계속 그렇게 할까 봐요.
하하
좋은 생각입니다. 수고 하셨어요~

초밥?
좋죠.
알아서
주문해주세요.
아, 네.
언닌 벌써
도착했어요?
다녀
왔습니다~
오~
오랜만!
어서 와
거의
2년
만이네.
케이크
사 왔어.
샤인 머스캣이
올려져 있네.
이거 도쿄에서
샀어?
케이크!
응.
시나가와
역에서
신칸센
타기 전에.
평일이라
한산하더라.
내 주변에
아무도
안 앉았어.

간신히 코로나도 잠잠해졌네. 리코는 수학여행 갔지?
응, 어제.
수학여행이 자꾸 미뤄지니까 어찌나 짜하던지.
도쿄의 초등학생은 어디로 가냐?
2박3일로 닛코에 갔어요. 원숭이도 본다던데. 왜, 원숭이들이 공연도 하잖아.
닛코는 못 가봤어.
이 케이크 엄청 맛있다!
그지? 그거 한 조각에 얼마인 줄 알아? 780엔이야.
뭐? 한 조각에?
가격을 듣고 나니 더 맛있게 느껴져.
근데
도쿄에서는 다들
가격 얘기는 안 해.

배고 프다~
앗, 초밥 왔다.
딩동~
우와~ 가격은 신경도 안 쓰는 건가?
아니, 이제 그리려고.
아, 만화 그리고 있었어?
욕조, 먼저 쓸게~
글쎄~ 어찌될지 모르겠어.
어때? 책으로 나오거나 하진 않아?
인터넷 에서 가끔 보고 있어.

여하튼 그래도 올 수 있어서 다행이야.
코로나 파동이 또 언제 닥칠지 모르니.
아빠가 언니 오는 거 많이 기다리셨어.
사람은
언제 못 만나게 될지 모르니까.
그렇지.
미안해. 엄마 봉안당에 모시는 거 전부 맡겨버려서.
아니, 괜찮아. 좋은 곳에 모셨어.
엄마가 지금 살아 계신다면
코로나 시국을 어떻게 견디셨을까? 외출 좋아하시는 양반이.
그러게
합창단이니 탁구니 참 바지런히도 다니셨는데.

당일치기 버스 여행도 자주 다니셨지? 하마다 씨랑.
엄마는 외출 자제 같은 긴급사태 선언은 못 견디셨을 거 같아.
확실해!!
하하
그래도,
투덜거려도 좋으니 옆에 계시면 좋을 텐데.
그러게.
잘 자~
잘 자~

그러게. 그래도 걷기는 하더라고.
큰 부상은 아니어야 할 텐데요.
화과자 가게의 하루코
작가 · 쓰유쿠사 나쓰코
화과자 가게 하루코
드르륵 드르륵
깜짝 놀랐어.
정말이지~
걸을 수 있었다니까 괜찮겠지…
화과자 가게 하루코
무슨 일 있었어요?
좀 전에 사고 났었잖아. 승용차랑 오토바이랑.
파출소
응?
오토바이 탄 사람은 구급차에 실려 갔어.
어머나~

그냥 숫자가
아니야.
어제의 교통사고
사망 2
부상 0
숫자가
아니라
이 세상에
태어나서
인생을
살아왔던 사람
그 자체.
저건

왜 이런
이야기를
그리기
시작했더라?
코로나 때문에
사람이 숫자가
돼버린 거 같아.
어제의
감염자 수,
사망자 수.
숫자가 줄었다고
기뻐하지만,
여전히
돌아가신 분은
있는 거고.

숫자 따위가 아닌,
한 명의 인간인데.
목욕해야겠다.
날씨
너무 좋다!
맑은
겨울날은
참 좋아.
상쾌하지.

엄마는 이곳이야.
꽤 넓지?
오, 이런 곳이 합장식 묘지구나. 처음 와봤어.
엄마 밑에 빈 곳이 내 공간이야.
진짜네. 엄마 이름이 적힌 플레이트가 있어.
내가 죽으면 플레이트만 주문하면 돼.
그래.
돈은 이미 낸 거지? 아빠 것도.
그 밑에 내 것도 사둘까 했는데 괜히 두 분 방해하는 거 같아서 관뒀어.
하하
간편하네.

성이란
대체 뭘까.
게다가
세 사람의 이름이
나란히 있으면
결혼한 언니만
가족이 아닌 것처럼 된다.
비싼 케이크도
사 왔어.
울 엄마,
나 마사미!
마침내 왔어~
돌아가는 길에
바미안*에서
점심 먹을까?
울 엄마
플레이트가
된 거야?
거기
볶음밥
맛있지.
나도.
바미안,
오랜만
이네.

*중화요리 체인점.

10. 명절음식

고생했어~
고생했어~
작년에는 만나지 못했지만.
고등학교 때부터 매년 그래왔지.
한 해의 마지막 날은 역시 캐러멜 프라푸치노로 마무리해야지.
출퇴근 시간에 전철 타는 거 완전 공포였어. 사람이 바글바글.
정말이지
아빠도 계시고
아무데도 가지 못했어. 가게랑 집만 왔다 갔다.

게다가
우리 회사는
아크릴 칸막이
비싸다고
종이상자로
하질 않나.
원격근무?
그거 어느 나라 얘기냐
했다니까.
하하
우린 손님이
오잖아?
마스크를 쓰고 들어오는데
주문할 때는 벗는 거야.
특히 연세 좀 있으신 분들.
얼굴을 보이는 게
예의라고
생각하시는
건데.
그 마음은
알겠지만.
아!
여하튼
이렇게 살아서
만났네.
2021년도
곧 끝나지만.
설날에는
뭐
할 거야?
집콕
이지 뭐.
명절음식을
좀 좋은 걸로
주문했다니까
부모님이랑
그거 먹으면서.

다녀왔습니다~
저 찬합은 뭐예요? 명절음식 샀어?
마사미가
뭔가 좋은 거 보냈다더라.
엥? 언니가 웬일로? 집에 왔다 간 답례품이야?
우와,
도미도 있어. 크기는 작아도 머리랑 꼬리 전부 있네. 앗, 밤 과자 맛있겠다.
자, 홍백전 보면서 밥 먹자.
오늘은 카레다.
아빠, 냄새로 충분히 알거든요.

홍백전 보신다더니
주무시네.
그리우신 거겠지.
엄마가 계셨을 때의
그 분위기가.
엄마가 살아계실 때는
홍백전 같은 거
조금도 관심 없으셨으면서
나쓰코,
해님이 국수
만들까?
응,
새우는
넣지 말고
대파만
넣어줘.

엄마의 목소리
눈에 보이지도 않는데 어디선가 끌어낸다니
기억은 뇌 안에서 어떤 구조로 되어 있을까.
기억은 참 대단해.
그 할아버지
왜 그렇게 되셨을까.

뭐가 뭔지
모르겠다.
아, 죄송합니다.
최근 들어 건망증이
심해지셔서…
죄송합니다
아,
아니에요.
이 특별한 밤의
느낌을.
건망증이 심해지셨다지만,
제야의 분위기를
즐길 수 있으시면 좋겠다~
스윽
올해 마지막
만화를 그릴까.
통
통

화과자 가게의 하루코
작가 · 쓰유쿠사 나쓰코
새해 복 많이 받으세요.
감사 합니다.
화과자 가게 하루코
올해 마지막 날이라 그런지 많이 팔렸네.
하루코
화과자 가게 하루코
연례 행사.
어서 와! 준비해 뒀어.
이곳에서 오하기 사는 걸로 한 해 마무리.
벌써 반년이 됐어. 빠르지.
올해는 할아버지가 돌아가셔서.
그래도 명절음식은 먹어. 할아버지께 공양도 하고.

미래에는
그 목소리도 기계로
낼 수 있게 되지
않을까?
그거
좋은데.
아하하
왁자지껄한 분위기
좋아하셨잖아.
맞아,
맞아.
기억이
제각각이라
가족들이 기억
하는 할아버지의
목소리가
다 다를 거
같은데.
화과자 가게
하루코
너랑 이 앞을
지나갈 때면
할아버지
노랫소리가
자주 들렸어.
새해
복 많이
받아~
새해
복 많이
받아~
욕조에서는
엄청나게 큰소리로
부르셨어.
그럼
우리도
영업 끝.
그 목소리가
머릿속에
남아있다는 게
신기해.

명절 음식은
먹기 전까지가 즐거워.
텔레비전 소리 엄청 크네.
아, 전화.
엄마네.
여보세요. 응, 방금 끝났어.
내일? 아마 점심 전에 도착할 거야.
뭐 사갈까?
응? 필요한 거 없어?
알았어. 내일 봐요~
엄마 목소리도 해마다 커지고 있어.
엄마의 목소리—
엄마가 돌아가시면 사라질 소리

자신의
머릿속에 있는
기억이 더
비슷하지
않을까.
내 머릿속에는
계속 남아
있겠지.
엄마의 목소리를
떠올리려고
할 때는
성대모사
잘하는
연예인은
엄마가
자주 했던
말이
떠오르겠지.
부모님의
성대모사도
잘할까.
'조심해서
다녀와라.'
정말
똑같이
할 수 있다고
해도

하루코,
네 엄마랑 우리 엄마랑 비슷해.
아빠
타닥
해님이 국수 먹을까?
타닥
국수.
아~
나도 모르게 잠이 들었구나. 어느 쪽이 이겼냐? 홍팀?
아직 안 끝났어. 국수 드실래요?
그럴까?

넌 새우
안 먹냐?
응.
이제 곧 최종
결승전이야.
후루룩
목소리
좋구나.
아빠
엄마 목소리
기억해?
기억하지.
오~
후루룩
아까 그 도미는
한 번 더 구워야
맛있을 게다.

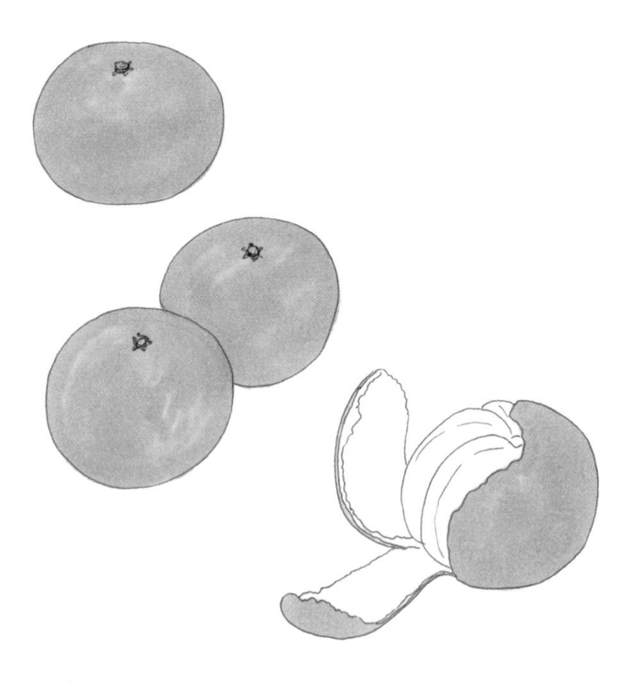

11. 장갑

숙련미가
돋보입니다.
하
하
하
잘난 척의
끝판왕
그 대회
심사위원들
괴롭겠네.
하
하
하
그래도
하
하
하
정말
못 봐주겠는 건
깔보는 사람
이라니까요.
잘난 척은
그나마 낫지.
깔봐도
된다고 믿는
이유가
씁쓸해.
뭐랄까
맞아요.

아빠,
이거요.
뭐냐?
아빠
저번에 복권
당첨됐었잖아.
바꿔왔어요.
오! 그랬지.
고맙다.
3천 엔어치 사서
만 엔 받았으니.
7천 엔 이득이네.
엄청난데.
해마다 3천 엔으로
3백 엔밖에
안 맞았으니까
결국은
완전히
마이너스
거든요.
이 오하기
맛있다
그런가.
하
하
하

뭐, 그래도 기쁜 일은 임팩트가 있으니 좋아.
응? 그런가?
인간은 원래 싫은 일이 강렬하게 느껴지지 않나?
기쁜 일은 빨리 사라지는 느낌이야. 같은 크기라고 해도.
글쎄다.
빨리 사라진다고 해도 전부 사라지는 건 아니니까.
의외로 기뻤던 기억이 오랫동안 남는 것 같다만.
신념을 가졌을 때의 자신과 마찬가지로.
잘 모르겠지만.

복권
1등에 당첨되면
난 더는 아무 일도 하지 않고 살아갈까?

알바는
그만둘 거 같고
뭐
만화는…
어떻게 할까.
꼭 어떻게
해야 하는
문제는
아닌가.
세상에는
결정할 수 있는 일만
있는 건 아니니까.
만화
그리자.
휘익

화과자 가게의 하루코
작가 · 쓰유쿠사 나쓰코
화과자 가게 하루코
감사 합니다. 콩가루 오하기 다섯 개 맞으시죠?
1월도 눈 깜짝할 사이에 끝나버리네. 시간이 너무 빨라서 깜짝 놀란다니까.
복권만 당첨됐다면 지금쯤 배 두드리며 편하게 지낼 텐데.
대체 누가 당첨되는 거야?
아하하
복권은 원래 안 맞는 거래요.
당첨되면 어디에 쓰실래요?
일단 호화주택을 짓고 노래방도 만들고
우리 강아지한테 금목걸이도 사줄까.
재밌겠는데
하하하

화과자 가게 하루
드르륵 드르륵
영업 끝.
저라면 이 가게를 금각사처럼 번쩍번쩍하게 꾸밀래요.
올해는 완두콩 오하기를 좀 일찍 시작할까.
무슨 소리야. 일 안 해도 되는데.
복권~
아, 그렇죠.
1등에 당첨되면 난 아무 일도 안 하고 살까?
가게 루코
감사 합니다~
하하하
하하하

인생에
대의명분은
없어도 돼.
그것도
괜찮을 거
같은데.
위대한 사람들이
뭐라고 하든
각자 갈 길이지.
한동안
외국에서
살아보는
것도
좋겠지.
온천에도
가고
세계일주도
하고
그리고
좋아~
좋아~
역시 오하기가
만들고 싶어지면
난 만들겠지.
자신이 그걸로
좋다면
좋은 거야.

죽을 때
까지
내 마음은
자기만의
것이야.
누가 결정해줄 수
있는 게 아니야.
설령
그것이
자신이
좋다고
생각한
것은
조금씩
모습이
바뀌어서
평생

오하기
만드는
일을
그만두고
장갑을
뜨기 시작
했다고
해도
다른 사람
눈에는
전혀 다른
모습이 된 것처럼
보여도
내 안에서는
연결되는
거야.
내게는
이
감정
누군가
에게
전할 수
있을까.
같은
거야.

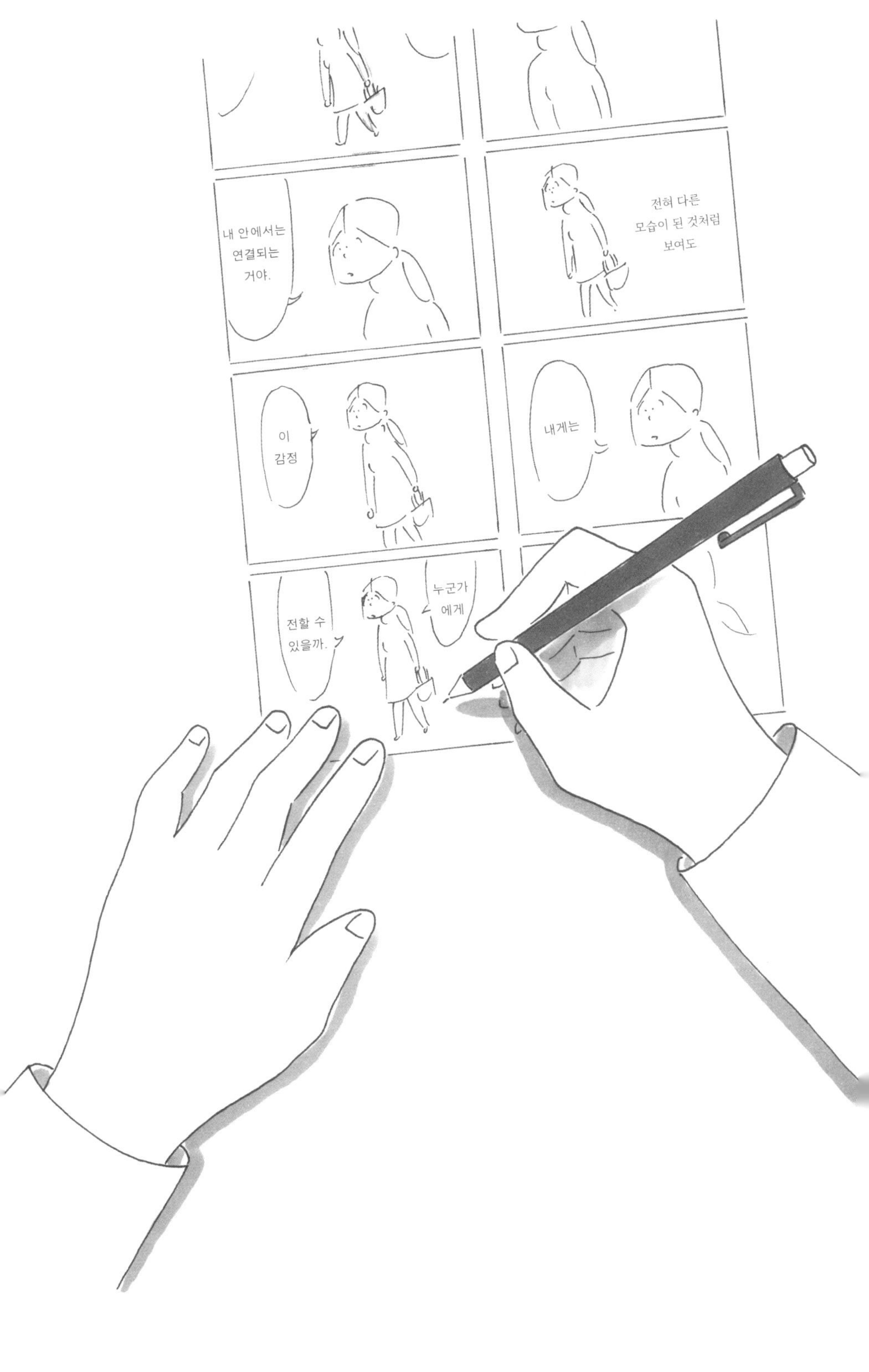
내 안에서는
연결되는
거야.
전혀 다른
모습이 된 것처럼
보여도
이
감정
내게는
누군가
에게
전할 수
있을까.

하루코
내게는
전해져.
다녀
오겠습니다.

추워
으~
코로나도 벌써 만 2년이야. 오미크론은 또 뭐냐고! 짜증 나~
마스크 진짜 지겹다!
후우~
한번에 써버릴까.
아빠한테 받은 만 엔
응
그러자!
좀 괜찮은 장갑 하나 살까? 손뜨개 장갑 같은.

12. 오르골

'자신이 좋다고 생각한 것은,
신념이 있던 때의 자신은 오랫동안 기억에 남는다.
평생 죽을 때까지 자기만의 것이다.'
흠.
빙글~
왜 모두 그만둬버리는 걸까?

도넛
고맙습니다.
고맙습니다.
카드 계산은 아직 자신 없지만요.
아, 네.
어때? 대충 흐름은 알겠어?
어서 오세요.
어서 오세요.
앗
아, 금방 익숙해질 거야.

수고하셨
습니다~
도넛
수고하셨
습니다~
하하
새 알바생도 오고 해서,
오늘은 좀 으스대며
일했네.
일 잘하는 나를 보고
누군가가 대단하다고
생각해줬으면 하는 마음은
어디서
유래한 걸까?
과시욕?
수고하셨
습니다.
앗!!

예전에는 어디 들어가서 느긋하게 쉬었는데 요즘은 그것도 쉽지 않지.
그 마음 알아.
집에 가기 전에 좀 달달한 걸 마시고 싶어서요.
진짜~
아~ 무슨. 그냥 그리는 거야.
점장한테 얼핏 들었는데, 만화가시라고.
그랬구나.
저도 어렸을 때 그림 그리는 걸 좋아해서 미술학원에도 다녔어요!

그래?
하지만 저희 집이 사실은 이래저래 복잡해요.
그래서 저도 건강이 나빠지고 여러 가지로 그리고 또
어머 그랬어?
아니야 무슨
수고 했어~
너무 제 얘기만 해서 죄송해요. 그래도 또 들어주세요!
다녀왔습니다.

아빠,
나 잠깐 잘게.
급 피곤해졌어.
하지만 지금 자면
늘어질 거 같은데.
하~
'어렸을 때
그림 그리는 걸
좋아해서'
흐음~
언제부터 그렸든
지금은 그림이
아무것도
아니겠지.
난 왜 좋아하는
마음 그대로
어른이
되었을까.

그림이란 대체 뭘까.
자신을 알리고 싶은 마음?
응? 알리고 싶나? 나를?
글쎄, 그런가? 아닌가?
내 그림을 보고 즐거워해주길 바라서?
흐음
그런 것도 있겠지만…
'좋아한다'는 감정은
말로 설명할 수 없어.

오르골 속의
발레리나처럼
그리는 걸 좋아하는 아이
그대로 난 계속 춤을 추고
있는지도 몰라.
그 뚜껑이
닫히고
인생이 끝날
때까지도
계속 좋아할
자신은 있지만.
자기 전에
조금 그릴까.
빙글~

*동파육과 비슷한 오키나와 향토요리.

응.
그래.
그랬구나.
간소하게.
정말 둘이서만.
하와이에서
식은 올릴 거지?
선물,
뭐 사다줄까?
나, 오랫동안
부모님이랑
사이가 좋지
않았어.
하와이니까
'Hawaii'라고
적힌 티셔츠.
대학교 때
집을 나왔고
그랬어?
알았어.
나도 다른 색으로
하나 사야지.
하
하
하
그 뒤로 끝이야.
결혼도 얘기할까
말까 하고 있어.

오랫동안
만났는데도
처음 들었어.

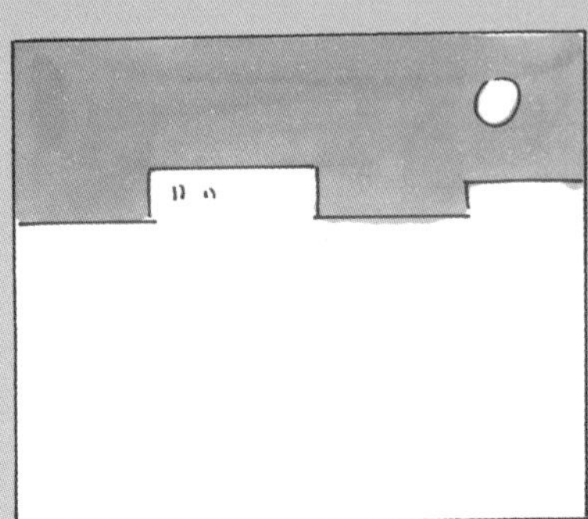

뒹굴
친구의
몰랐던 부분

하와이라~

무엇이든
털어놓는 사이가
꼭 좋은 관계인 건
아니야.

따뜻할
거 같아.

이야기하는 것과
하지 않는 것,
각자의 마음속에
있겠지.

걔도
많은 일이
있었구나.

아마,
불현듯?
내게
얘기해도
되지 않을까
하고.
그렇게
생각하면서
소중하게
만나는 존재.
반대로
뭔가
친구란
그런
것일지도.
서로
잘 모르는
사이인데도
그리고
고민을
얘기하면서
거리를 좁히는
타입도
있지.
오랜 시간의
흐름 속에서
그 애는 오늘
생각했을 거야.

*나가사키현의 향토요리. 나가사키 짬뽕과 비슷하지만 국물이 없고, 튀긴 소면과 우동면 두 가지를 사용한다.

에이 왜
~
그랬나?
아, 그래도
그거는
사 왔다.
바삭바삭한 게
좋다고
저번에도
말했잖아.
좋아하지?
생강튀김
뭔데요?
아빠,
맥주 차가운 거
있어?
오!

13. 연필깎이

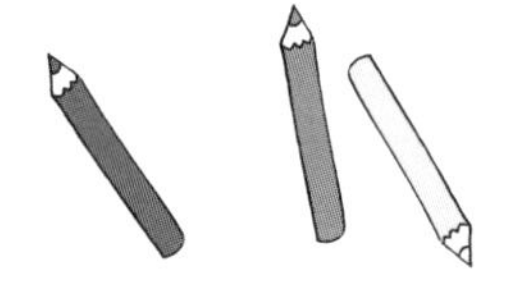

그래봐야
대면수업은 12학점 중
2학점뿐이에요.
대학생
느낌도 들고.
맞아
맞아
계단식
대강의실에서 하는 수업은
역시 긴장감이 있어.
사과 초코랑
스트로베리랑
그리고
카페라테
주세요.
오케이~

아까 온 손님은
전에 알바했던
사람이에요?
아직,
간신히요.
수고했어~
벌써 능숙해
졌는데?
제 여동생은
마지막 1년이
코로나
였어요.
아~
응, 맞아.
대학교 1학년 때
코로나가 시작돼서
거의 원격수업만 하니까
본가로 돌아갔었어.
졸업여행은 못 갔지만,
동아리나 뒤풀이는
경험할 수 있어서
네,
그래서
그랬구나.
수고했어.
그럼~
그렇구나~
그나마
다행이라고
했어요.

2022년… 코로나 3회차의 벚꽃이…
어느새 벚꽃이 활짝 폈네.
흠
마스크 끼고 보는 것도 익숙해.
다녀왔습니다~
맞다, 아빠 오늘 3차 접종하러 가셨지.
하아~
코로나 벚꽃 3회차, 백신 3회차.
이걸로 끝날까.
잠깐 시간이 있으니까
그려 볼까.

후유코의 대학생활

작가 · 쓰유쿠사 나쓰코

이미 일상적인
일이라서
그러려니 하고
받아들인다.
새 연필을
깎은 거
같아.
대학생이 되었구나
생각한다.
몸을
움직이고 싶어서
풋살 동아리에
들어갔지만
대면수업이
많지는
않지만,
합숙도 없고
회식도
없다.
2교시 수업이
있는 날에는
친구와 점심을
먹을 수 있다.
그것도
내게는
일상적인 일.
마스크를
쓰지 않은
얼굴을
보는 것은
그때뿐이지만

그런 것보다
그런 것들보다

버블 세대인
엄마는 아침까지
술자리가
이어졌다고 한다.
딱히

우리는 친구를
새로 사귈 기회가
많지 않으니까
그러니까

잘 먹었습니다~
그런
분위기에 대한
로망도 없고

아침까지 몇 차를
갔느니 하는
이야기도 솔직히
관심이 없다.

친구들과
수영장에 가거나
여행을 하고
싶다는 마음이

일단은
신작?
아빠
타닥
타닥
백신
어땠어?
아프지도
가렵지도 않아.
다행이네.
사람들
많지?
사람은 많았다만
금방금방 주사를
놓으니까.
간호사들도
익숙해진 게지.

하아~ 코로나 언제 끝나나.
언젠가는 끝나겠지.
끝나면 하고 싶은 거 있어요?
글쎄다.
없어요?

14. 푸딩 아라모드

고맙
습니다~
도넛
3인조 고딩들,
엄청 오래 고민
하던데요.
수고하셨
습니다~
수고했어~
맞다.
4월부터 18세는
성인이 되네요.
아!
그러니까.
귀여웠어~
걔들, 올해 성인이
되나 봐.
하하하
고등학생이
성인이 되면
어떤 기분일까요?
후배들이 '3학년은
이제 성인'이라며
다르게 볼까요?
인생에서
성인의 기간이
점점
길어지네~
그럼 이만
수고
했어~

날씨가
따뜻해졌어.
아!
아까
그 애들이다.
아냐
아냐
어려워
진짜
하하
즐거워 보여.
어머
귀여워.

다녀
왔습니다.
고생했다~

저녁으로
김초밥
사 왔다.
그리고
미소시루랑
돈가스도.
좋아요.
네.

내 방.
내 책상.

살아가는 이유를
쓰유쿠사의 일기
쓰유쿠사 나쓰코
모른다는 것보다
무엇을 위해 사는가
죽는 이유를
이런 질문이
모른다는 것이 더
시시하게 느껴져.

산책 중인 유치원생
대부분의 사람
그리고
나 자신.
분하고
허무하고
슬퍼.
길모퉁이의 고등학생

사라진다면?
이유도 모른 채
마치
어느 날 갑자기
아침에 피었다가
일상을 빼앗기고
저녁이면 지는
방금까지 누군가와
같이 웃던 시간까지

인생에서
소중한 것은
달개비꽃처럼.
돌아가고
싶은
곳으로
돌아갈
수 있는
거야.
소중한
것은

딱히
공개할 것도
아니지만.
처음으로
내 얼굴을 만화로
그렸는데,
안 닮았나?
아빠
통 통
저녁
먹어요~
통
냉장고에
케이크
있다.
케이크
가게 앞을
지나
왔거든.
잘
먹었습니다~

앗!
푸딩 아라모드
잖아!
맛있게 먹어라
잘 먹겠습니다
언제
끝날까
전쟁.

15. 탬버린

카페
네?
연재요?
네. 한 달에 두 번, 웹사이트에 올리는 거 어떠세요?
인스타에 올리신 만화를 봤어요. 쓰유쿠사 님 만화의 '여백'이 좋아서.

카페
아, 전 이쪽으로.
아, 네. 열심히 할게요.
그럼 기대 하겠습니다.
이쪽 길은 아니지만, 좋아. 조금 걸으면서 마음 좀 가라앉히자.
우와~ 머릿속에서 탬버린이 울렸어!
아, 그래!

나 왔어.
엄마.
올해도
그 진달래 공원
예뻤어.
세상은 이래저래
힘든 시국이지만
아빠도
건강하셔.
엄마,
나 연재하게
됐어.

다녀 왔습니다.
아빠, 저녁 먼저 드세요. 난 할 일이 있어서 나중에 먹을게.
알았다.
'동물이 주인공인 따뜻한 만화'를
그렸으면 좋겠다고 했는데~
동물… 역시 고양이? 펭귄? 왜 하필 동물이야. 아니야 괜찮아.
따뜻한 만화라~

하루만이라도
바꿔보고 싶군.
냐앙
파로의 하루
쓰유쿠사 나쓰코
총
총
총
뭐야!!
바뀌었어.

파로 왔어?
냐앙
으악
누린내!
일단
털 손질을
해보자.
고양이의
하루는
어떨까.

총
총
총
그럴듯 해.
자세가 제법인데.
내가~
고양이가 되었어~
대단해.
우와, 시야가 높다!
냐앙
냐앙
지면이 가까워~
자, 그럼 다녀와. 난 집에서 쉬고 있을게.
냐앙
앗, 지갑이다.
조심히 다녀와.
냥

쟤 뭐야, 꼼짝도 안 하네.
하하하
바이바이
어떡하지.
풀숲에 숨겨뒀다가 내일 파출소에.
이런, 인간이 온다!
하하하
가만~
앗, 고양이다
조금만 더.
귀여워~
귀여워~

뭐가
야옹이야!!
속 편해서
좋겠다!
쳇
앗,
고양이
……
숨겼다!
원래로
돌아온
다음날
이런~
없잖아!
방치해
버려.
3일
정도
냐
옹
지갑을
어디다
흘린 거지…
하,
제길

따뜻한…
내용인가?
밥 먹자.
타닥
타닥
잘
먹겠습니다.
아빠.
인간 말고
다른 게 될 수
있다면
뭐가 좋아?
뭐?

소금쟁이
같은 것도
재밌겠는걸.
뭐가
좋을까,
글쎄
물 위를
스읏스읏.
좋잖아.
소금쟁이?
……
소금쟁이가
주인공인
만화.
의인화하기
어려워.

16. 복을 부르는 고양이 인형

잠깐
산책 좀
할까.
덥다~
아이스크림
먹고 싶어.
하하
귀여워라~
초등학교부터
사립이라니
대단하네~
비용이
얼마나 들까.

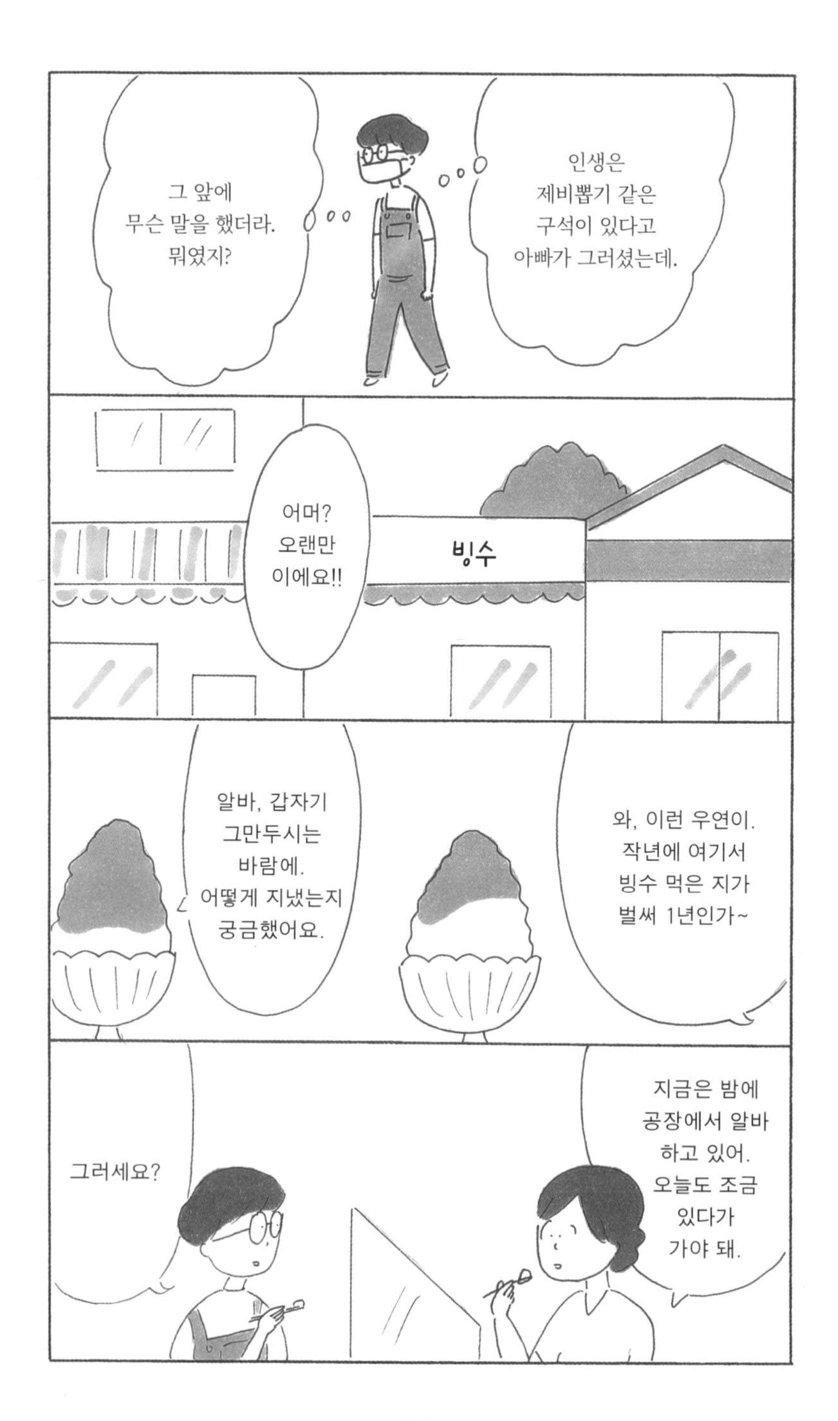

그 앞에 무슨 말을 했더라. 뭐였지?
인생은 제비뽑기 같은 구석이 있다고 아빠가 그러셨는데.
어머? 오랜만 이에요!!
빙수
와, 이런 우연이. 작년에 여기서 빙수 먹은 지가 벌써 1년인가~
알바, 갑자기 그만두시는 바람에. 어떻게 지냈는지 궁금했어요.
지금은 밤에 공장에서 알바 하고 있어. 오늘도 조금 있다가 가야 돼.
그러세요?

코로나 때문에
남편 일이 줄어서
월급도 줄고.
아…
그러셨군요.
요즘은
주 3일 쉬는
회사도
있다며?
쉬는 날에는
다들 뭐 할까.
캠핑
같은 거
할까요.
아~
요전에 애들이랑
싸웠을 때
'수저' 어쩌고 해서
무슨 말인가 했더니
부모 운이 있네
없네 하는 거였어.
우린 흙수저라고.
그런데도 난 아무런
느낌도 없었어.
그게 더 공허했달까.
나보고 어쩌라는,
그런 심정.

어디부턴가 다시 시작해야 한다고 해도 그 어디가 어딘지도 모르겠고.
복 고양이라도 살까 봐
아
같은 곳에서 다시 태어난다면 비슷한 인생이 되지 않겠냐.
그래도 오늘
이곳에서 함께 빙수를 먹을 수 있어서 기뻐요.
망고
레몬
다녀 왔습니다.

어서 와라~
나쓰코,
도시락 먼저
꺼내놓고.
엄마,
나 미대는
안 될까?
미대면
4년제?
아무래도
좀 그렇지.
4년이면 학비가…
언니도 아직
학교 다니고 있고.
미안하다.
언제
왔냐?
오늘은
카레다.

<나는 … >

쓰유쿠사 나쓰코

냐앙~
나는 고양이지만
인간이 되는 약을
손에 넣었다.

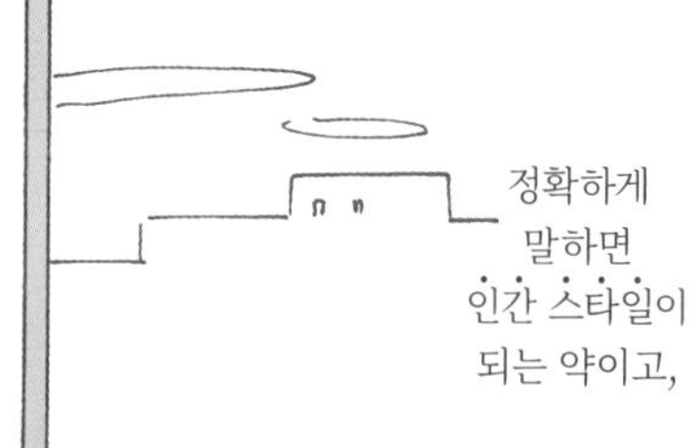

정확하게
말하면
인간 스타일이
되는 약이고,

나는
고양이 인간이
된 것이다.

나는
예전부터
눈여겨
보았던

인간의
가방을
재빨리
가져왔다.

왜냐면
인간은
가방을
좋아하기
때문이다.

내 가방에는
대량의
종이가
들어있었다.

학교에
들어갔으며
어서
오세요
그 종이로
다양한 물건을
구할 수 있는
듯했다.
주 3일 쉬는
회사에
입사했고
집을
구했고,
요기보
소파도
샀고
솔캠을
즐겼고
그리고
호시노야라는
고급 호텔에
묵기도 했다.
공부해서

인생,
아니 묘생을
되돌아보며
생각한 것은
하지만 나는
고양이 인간
이라서
그 가방을
획득할 수
있어서
다행이다~
인간만큼
수명이
길지 않다.
우연
이고
였다.
그건
어쩔 수 없는
일이었고
운이야.
내 나름
고양이 인간으로서
열심히 살았다는
자부심도
있지만,

획득!
응응

나는
마지막 힘을
짜내어…

그리고
나는
비틀비틀

후우~

서늘한 곳에
조용히 누웠고

감사하는
마음으로
이 세상에
이별을
고했다.

아닌 거
같은데.
이건…
따뜻한
동물 만화라는
요청사항에
해당하나?
운…
이렇든
저렇든
노력만으로는
안 되는 거네.

이 만화로
연재는 절대
안 되겠지만.
하하하
고양이 인간은
감사하는 마음을
가졌어.
아빠.
타닥
타닥
밥 먹어요~
마침
마카로니 샐러드를
만든 참이다.
고마워요.
맥주
마실래?

17. 아이스크림

수고했어~
수고했어~
시원
하네~
레몬사워 맛
끝내준다~
근데
요전에 술집에서
'끝내주네'라고 했더니
옆자리 회사원이
'시집 못 간다'는
거야.

고맙습니다~
쑥갓 샐러드 나왔습니다~
여기요~
그게 뭔 소리야?
됐다 그래.
참 나~
여자는 '맛있어'라고 해야 한다는 거지.
그건 그렇고, 우리 얼마 만이야? 여기서 마시는 거 2년 만인가?
거의 우리 고등학교 시절과 맞먹는 시간이잖아.
2년 반이나~
아니, 더 됐을걸? 2년 반은 됐을 거야. 코로나 전이니까.

코로나가 시작될 때
서서히 진행됐잖아.
뚜렷한 거 없이.
그래서 시간의 흐름을
잘 모르겠달까.
뭔가~
그것도
점점
익숙해졌지.
지금은
엔저로
시끄럽고.
학생처럼
학년이 있는 것도 아니고.
게다가 그다음은
전쟁이 화두가 됐잖아.
맞아
맞아
저번에
아이스크림
샀을 때 있지.
딴 얘긴데
후우.

피곤해~
하하
신나게 놀다 와서는 피곤하다니~
하지만
떠드는 것도 꽤 체력이 필요한 일이야.
뭐
복에 겨운 피곤함 이지만.
만화, 조금만 그리고 잘까.

전쟁이라는
화제가 끝나
있었다.

쓰유쿠사의 일기

쓰유쿠사 나쓰코

처음 주문한
안주,
쑥갓 샐러드를

다 먹기도
전에

하하하
나도 마찬가지라서.
그러고 보니
난 32살이니 조금 다르기는 하지만
'20대 남성의 40퍼센트가 데이트 미경험'
간만에 희망적인 뉴스였어.
이라는 뉴스를 봤는데
어디까지나 '내게는' 이지만.
왠지
안심이 된달까.

나의
미래는

나쓰코~
오늘 알바
안 가니?
지각한다~
오늘
쉬는 날이냐?

나쓰코~
뭐야? 벌써 나갔나?
탁
탁
탁
나쓰코?

아빠,
갈게.
그래.
그래.
식사 거르시면
안 돼요~
그래.
조만간
또 올게.
묘지 일도
있고.

나라도…
이리 와서
나랑 같이
놀자꾸나,
부모 없는
참새야.

18. 지갑

점심으로 소면 괜찮아요?
그래.
나 오늘 저녁에 도쿄로 돌아가야 해요. 식사 거르지 마세요.
또 코로나 7차 파동이라서 그렇게 자주는 못 와요.
지갑 사정도 그렇고.
채소도 챙겨 드시죠?

네?
뭐라고요?
어찌 되든
상관없다.
오래
살아 봐야
무슨 소용
이라고.
무슨 소용
이라니!!
나도 있고
손자도
있잖아.
그런 소리 좀
하지 마!

나쓰코…
왜
흑
그렇게
갑자기
가버린 거야?
흑흑
나쓰코!
흑

명함?
뭐가 떨어져 있네.
도쿄의 출판사?
며칠 후
택배입니다. 무거워요.
감사 합니다.

엄마 ~
누구 한테 온 거야?
이모가 그린 만화야. 할아버지 집에 있던 거.
아, 그때 말했던 원고?
밑져야 본전이니
출판사에 보내 보려고.
'소금쟁이'?
게다가 같은 제목으로 두 개나 있어.

소금쟁이

작가 · 쓰유쿠사 나쓰코

통과하지
못하는.
행여
물고기를
사랑하게
돼도
어?
……
마음을
전할 수 없는.
뭐야?
저 창문은
저게?
나의 수면,

소금쟁이
작가 · 쓰유쿠사 나쓰코
소금쟁이 씨, 바깥 날씨는 어때요?
기분 좋은 바람이 불고 있어요, 수초 씨.
바람~ 좋겠네요.
한 번이라도 좋으니 나도 바람을 느껴보고 싶어요.
나는 물속에 들어가보고 싶어요.
우리는 사는 세계가 다르니까.
어쩔 수 없는 일이죠.
하하 하하
그렇긴 한데 이상한 게 있어요.

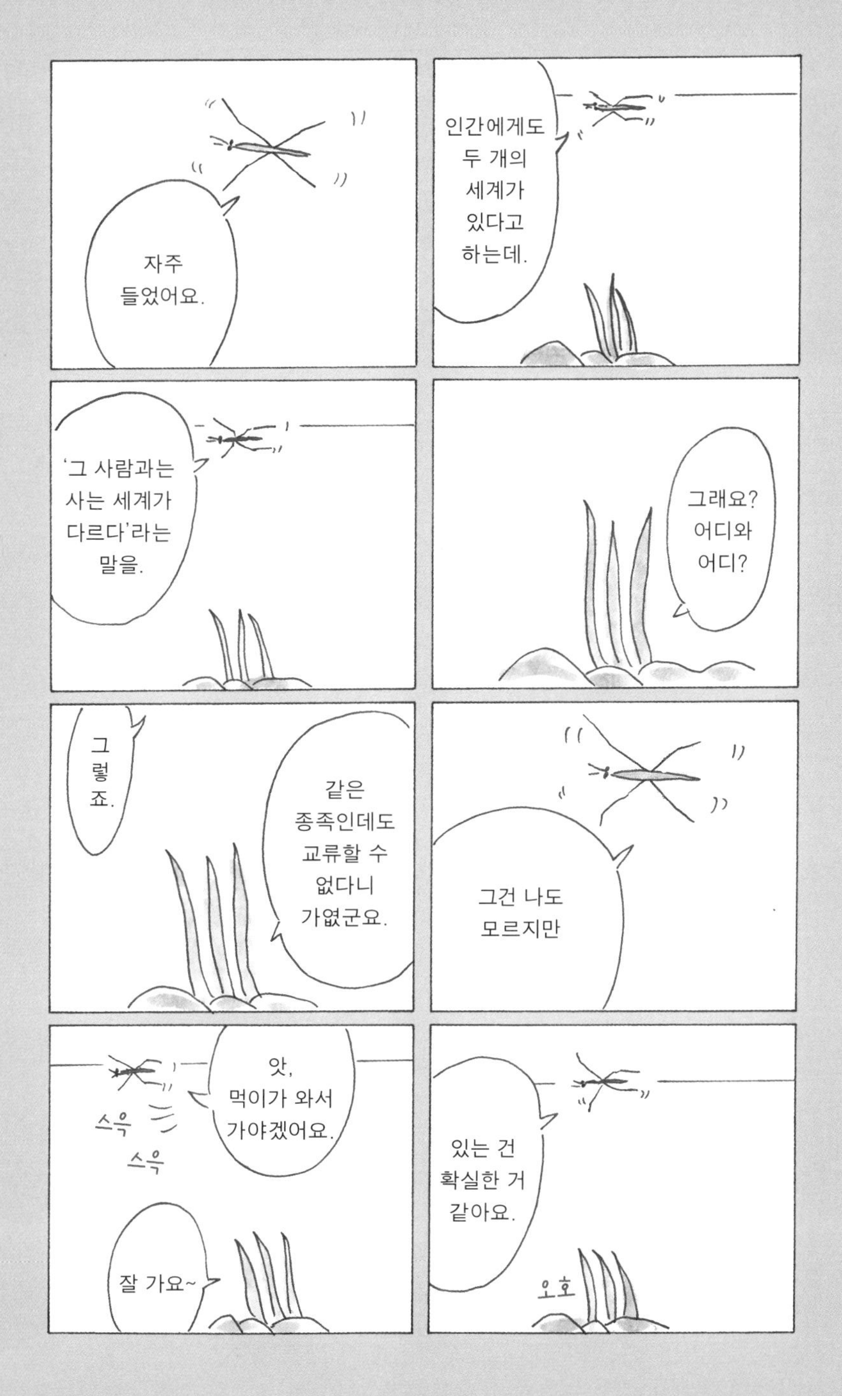
자주
들었어요.
인간에게도
두 개의
세계가
있다고
하는데.
'그 사람과는
사는 세계가
다르다'라는
말을.
그래요?
어디와
어디?
그
렇
죠.
같은
종족인데도
교류할 수
없다니
가엾군요.
그건 나도
모르지만
있는 건
확실한 거
같아요.
오호
앗,
먹이가 와서
가야겠어요.
스윽
스윽
잘 가요~

……
나쓰코는
왜 소금쟁이를
의인화했지?
하여간
엉뚱해!
아하하
하하

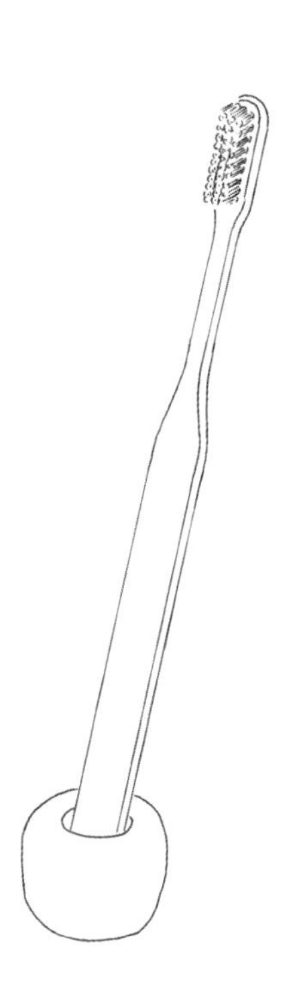

19. 망원경

출판사
자비출판 이요?
네.
그런 방법도 괜찮다고 생각해요.
쓰유쿠사 씨의 만화 연재, 기대하고 있었습니다.
독특한 분위기가 개인적으로 무척 좋았거든요.

도쿄에 있는 출판사에서 일부러 와주시고. 동생도 기뻤을 거예요.
생각대로 무척이나 멋진 분이셨는데.
정말로 안타깝습니다…
근데 저희는 이 원고를 출판하기는 힘들 것 같습니다.
그래서 자비출판이라는 형식으로 세상에 내놓는 것은 어떨까 하고.
그렇군요.
우리 회사에도 전문 부서가 있으니
도와드릴 수는 있습니다.
비싸!

10만 엔 정도면 될 줄 알았는데 자릿수가 달라.
우와~ 이렇게 비싸구나.
완전히 상상을 초월해.
응.
자비출판?
뭔데
나도 그러고 싶지만.
음~
나쓰코를 위해 해주자. 차 바꾸는 건 나중으로 미루고.
하지만
여러 가지로 돈이 들어…
리코 기숙사비도 올랐고.

파로가 발톱으로 긁어놔서 너덜너덜해진 그 소파도 바꾸고 싶고.
아파트 대출금도 있고 수선 적립금도 오른다니.
물가도 오른다잖아.
그 컴퓨터도 상태 안 좋아?
응!!
화면이 자꾸 멈춰서 짜증 나!
아직 5년밖에 안 됐는데.
근데 이거 읽어봐.
나쓰코가 이런 것도 그렸어.

그만 됐어?
회사는?
자유
작가 · 쓰유쿠사 나쓰코
계속 방에만 있을 거야?
무슨 일이 있었는지 말해봐.
그때
직장 내 인간관계에 지쳤다는
나는
이유만으로는 설명할 수 없는 무언가가 내 속에서 끓어올라
이유를 말하지 않았습니다.

이래서는
안 된다고
생각은
했지만
나쓰코,
무슨
일이야.
아무데도
갈 수 없는
상태가
되었던
것입니다.
어떻게
해야 할지도
어떻게
하고 싶은지도
모른 채,
이유가
뭐래냐?
말을
안 해.
그렇다고
될 대로 돼라는
마음도
아닌 채
살아갔습니다.
봄이 가고
여름이
찾아와도
그러던
어느
토요일 오후
나의
세계는
나의 방이
전부였고

나를
지켜줄 것처럼
여겨졌습니다.
고등학교 때
입었던
그래서
멜빵바지가
생각났고
있다
!
편의점
갔다
올게.
왠지 입어보고
싶어졌습니다.
괜찮아.
나는 반년 만에
밖으로 나갔던
것입니다.
멜빵바지가
갑옷처럼
여겨졌습니다.

고등학교 때의 멜빵바지를 입고 있는 이유도 묻지 않고
갑옷을 입고 있잖아.
이렇게
아직 안 정했어.
너도 아이스크림 ?
나쓰코!!
좋아.
빠삐코 사서 반씩 나눌까?
나도 편의점에 갈 거야.
응.
먹으면서 집에 가자.
뒤를 따라와 주었습니다.
응.
아이스크림 사려고.
언니가 허름한 실내복 차림으로 황급히 뛰어나와

요리 같은 건
전혀 하지
않았던 아빠가
세월이 흐르고
엄마가
돌아올 수
없는 사람이
되셨습니다.
아침밥을
준비하고
계셔서
그리고
어느 아침
그래서
놀려주려고
했지만
어?
그만두었
습니다.
아빠가 갑자기
주방에
서 계셨습니다.

무슨 생각이
있으셨겠지,
세상에는
농담을 해서는
안 되는 뒷모습이
있다는
하고
이유는
묻지 않았
습니다.
사실을
떠올렸기
때문입니다.
배고파.
좋은
냄새~
이후,
아빠가
아침저녁밥을
차려주셨고

응.
이런 일이 있었구나.
아~
방에서 나오지 않았을 때는 이유를 몰랐지만.
그때 나쓰코는 내가 생각했던 것보다 훨씬 더 냉철했었구나 싶어.
두 칸이 공백이야.
맞아
중간에 끊긴 거지?
근데 이 원고는
자신이 쓴 걸 전부 공개하고 싶진 않을 것 같은데.
난 작가에 대해서는 잘 모르지만.

확실히 본인은 발표할 생각이 없었을지도 모르겠네.
아~
사후에 발견된 유명작가의 원고들도 그렇고.
나는 미완성이라도 좋은데…
그리고 싶은 내용을 그리지 못했던 걸지도 모르고.
나쓰코의 그 원고도
나쓰코가 웃는 얼굴을 보고 싶어.
나쓰코에게 물어보고 싶네.
'과거가 보이는 망원경' 이야기 같은 걸 쓰려나.
나쓰코 라면

20. 도넛

정말 갑작스럽게 그랬다나 봐요. 밤에 책상에서 만화를 그리고 있었대요.
만화?
아, 이건 하시다 씨의 언니가
하시다 씨의 지인이 오면 나눠주라고 하셨어요.
소책자로 만든 비매품이에요.
쓰유쿠사 나쓰코?
하시다 나쓰코 씨의 필명이에요.
출판은 안 한 모양이지만.

편의점에서 초코송이 사야지.
겨우 30분 앞의 자신을 생각할 여유밖에 없었습니다.
도넛
작가 · 쓰유쿠사 나쓰코
파랗다.
하늘
산책.
나쓰코, 어디 가니?
그러던 어느 날
조금씩 집 밖으로 나올 수 있게 되었을 그 당시의 나는
도넛도 괜찮겠는데.
응?
어렸을 때부터 있었던 도넛 가게 앞을 지나갔습니다.
먼 미래 따위 생각할 수 없었고

제로?
어서
오세요~
도넛
제로?
스트로베리도
좋은데.
초콜릿
으로
할까,
도넛
케이스에
가지런하게
놓여 있는
도넛을
보고
있으니
제로!

그래,
나도 지금은
제로야.
하하하
조금
작위적인가
…
나는 초콜릿
도넛을 한 개
사서
하지만
지금은
이걸로
됐어.
공원 벤치에
앉아
도넛이
제로라고
말했어,
태양에
비추어
보았습니다.

그곳에서
알바하면
그러니까
나도
제로부터
시작해보자.
도넛
싸게 살 수
있나?
사람은
누구나
자신만의
이야기를
엮어가며
우물
우물
냠
사는 것은
아닐까.
흠
목 말라.
우물
우물
우물
우물

하시다 씨는
이런 만화를
그렸었구나.
코로나로 수업이
온라인으로 바뀌면서
금방 집으로 돌아갔고
알바도 바로
그만둬버려서
그다지 이야기도
나누지 못했지.
후유코의
대학생활
작가 : 쓰유쿠사 나쓰코
어?
이거 내 이야기
아니야?
내가 그 당시에
이런 생각을
했었나?
하지만
알 것 같아…
알아!!

이렇게
언어화되니까
그때의 생각이
정리되는 느낌이야.
아니까
왠지 기뻐!!
맞아,
그랬지 하고
공감할 수 있는
기쁨.
하지만 단순히
기쁘기만 한 건
아니야.
미래에
맞설 수 있는
자신감이
생긴 것 같아.

여기
~
마쓰모토 씨
아~
오늘 자주
만나네요!
나
마스크 벗으면
이런 얼굴이야!
또 봐!
잘 지내고!
네?
네~
'또 봐.'
'잘 지내고!'

하지만
더 이상 만날 수
없잖아.
이 만화의
다음도 없어.
그래도
읽기 전과 읽은 후
내 세계의 질량이
조금 달라진 것 같아.
분명히
제로가
아니야.

호두

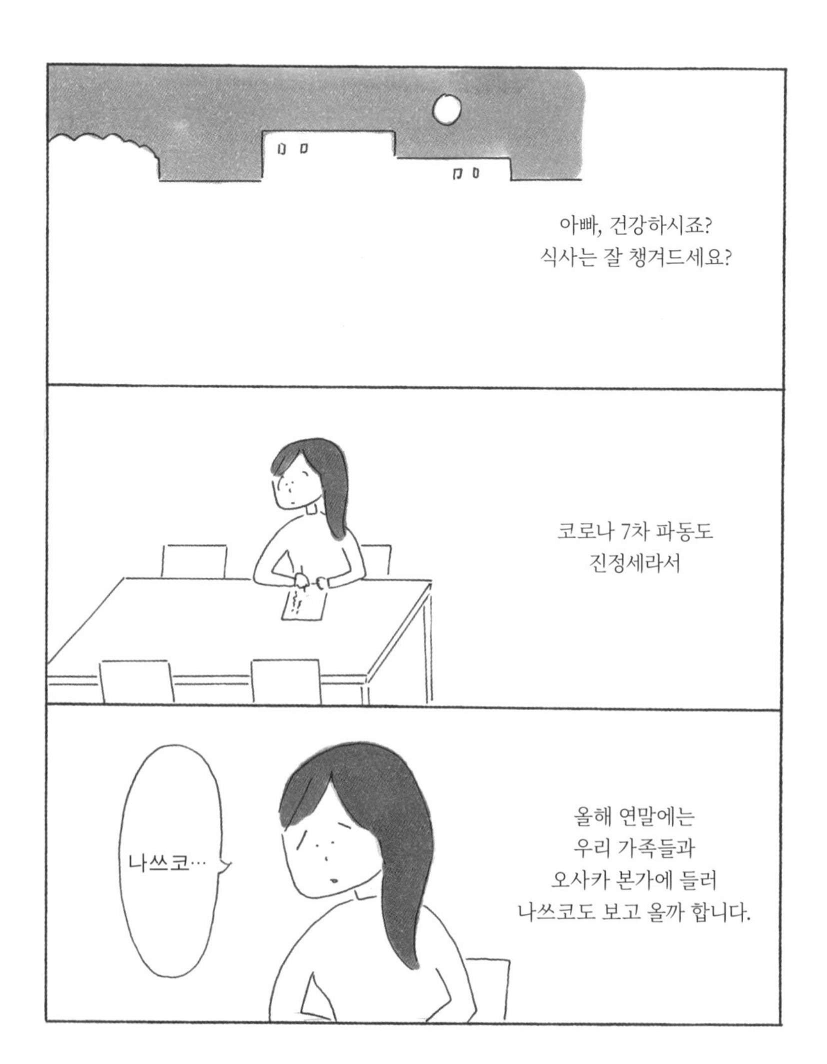
아빠, 건강하시죠?
식사는 잘 챙겨드세요?
코로나 7차 파동도
진정세라서
나쓰코…
올해 연말에는
우리 가족들과
오사카 본가에 들러
나쓰코도 보고 올까 합니다.

나쓰코…
흑흑
나쓰코
흐윽~
요전에 보내드린
나쓰코의 만화는
읽어보셨어요?
달개비꽃
쓰유쿠사 나쓰코
자비출판은
비용이 많이 들어서
간단한 소책자로 만들었는데
나쓰코 친구들도
읽었다고 해요.

아직은 읽기
힘드시다면
나중에
언제가 됐든
꼭 읽어주세요.
특히 가장 뒤에 있는
'호두'는 아빠가 꼭
읽으셨으면 해요.

달개비꽃
쓰유쿠사 나쓰코

계속 뉴스만 보고 있었지.
처음 이었습니다
집에 계신 적이 별로 없었지.
원래 지방출장이 많았던 아빠와는
나쓰코, 케이크 먹고 갈까?
엄마 만큼의 추억이 없어서
파르페 먹어도 돼.
응
그래서
내 인생에 있어서
그리고 아빠 인생에 있어서도
진짜 구나.
봐! 아라시야마 온천가에도 사람이 없어.
가장 많이 같은 공기를 마셨던 시간이었다는 것은
분명합니다.

마치
호두껍질 속
호두
조용하고
안전한
작은 세계.
그 '외출 자제'
기간의 나날을
되돌아보면
언젠가
먼 훗날
내 머릿속에는
호두가 하나
떠오릅니다.
내가
나이가 들어
할머니가
됐을 때도
아빠와
둘이서
있었던
집 안은

훗날의 나,
호두…
여전히
이 집에
살고
있구나!!
분명
뭐,
그런 느낌으로
떠올릴
것입니다.
그것도
괜찮겠지.
응?
잠깐만.

나쓰코
너
이 녀석
나이가
들었구나.
만화 속에서는
할머니가 되었어.

그래
나쓰코는 이런 모습의 할머니구나.
오래 살아줬어.
그렇지?
호두 속이라.
아빠도 얼마 안 있으면 그쪽으로 갈 거니
또 함께 들어가자.

60
나쓰코
6살

아, 맞다,
안경.
응?
네,
썼어요.
응?
엄마
뭐라고요?

잘 어울려.
우리 나쓰코
귀엽다.
그치,
여보?
비디오
찍고 있어?
난 찍지 마.
응?
안경?
뭔가
이상한
느낌이야.
나쓰코는
오늘부터
안경입니다.

나도
써볼래.
엄마한테
혼났다~
안 돼.
무슨 장난감인줄
아니? 그리고
지금 나쓰코
비디오
찍잖아.
불편해.
응?
안경?
잘 보이지만
그니까…
응?
커서 되고
싶은 거?

색칠공부
그림 그리는
사람.
그니까.
색칠공부는
색칠하는
거야!!
칠하는
사람
아니고!
색칠공부의
그림을 그리는
사람.
아하하
아하하
아빠 머리에
스티커
붙어 있어!!
앗

마스다 미리 益田ミリ

1969년 오사카 출생의 일러스트레이터이며 에세이스트.
마스다 미리는 평범한 사람들의 '오늘'을 소중하게 여기며, 그들의 이야기를 담백하게 묘사한다. 대표작으로 30대 싱글 여성의 일상을 다룬 만화 〈수짱 시리즈〉가 있으며, 최근작으로는 『행복은 누구나 가질 수 있다』『오늘의 인생 3: 언제나 그 자리에』『너는 어떤 힘을 가지고 있니?』 등이 있다.
그의 작품 중 〈수짱 시리즈〉〈우리 누나 시리즈〉『오늘도 상처 받았나요?』(원제: 스낵 키즈츠키)가 영상화되었다.

옮긴이 박정임

경희대학교 철학과를 졸업하고 일본 지바대학원에서 일본근대문학 석사과정을 수료했다. 전문번역가로 일하면서 능내에서 작은 책방을 운영한다.
옮긴 책으로 마스다 미리의 〈수짱 시리즈〉와『미우라 씨의 친구』등을 비롯해 〈미야자와 겐지 전집〉『어쩌다 보니 50살이네요』『고독한 미식가』『피아노 치는 할머니가 될래』등이 있다.

누구나의 일생
2024년 3월 11일 1판 1쇄 펴냄
2025년 2월 25일 1판 5쇄 펴냄

지은이: 마스다 미리
옮긴이: 박정임
기획 편집: 고미영
디자인: Praktik
마케팅: 박진우
온라인 마케팅: 전은재
제작처: 북작소
제작: 영신사

값은 뒤표지에 있습니다.
잘못 만든 책은 서점에서 바꾸어드립니다.

ISBN 979-11-982894-3-8 03830

펴낸이 고미영
(주)새의노래. 10908 경기도 파주시 경의로 1114, 405호
출판등록 제2023-000009호
전화 02 393 2111 팩스 02 6020 9539
info@birdsongbook.com www.birdsongbook.com
Instagram: birdsongbook

호두
작가 · 쓰유쿠사 나쓰코
아직도 코로나 시국은 끝나지 않았지만
불현듯
코로나 초기의 '외출 자제' 운동이 그리워질 때가 있습니다.
아니, '그립다'는 말에는 어폐가 있습니다만,
알바하던 가게도 휴업이었고 …
단지
아빠와 둘이서
뉴스 시작해요.
그렇게 함께 시간을 보냈던 적은
타임스 스퀘어에도 사람이 없어.
진짜네.